── 目　次 ──

夢のつづき

夢の続き

カタルニアには、小さくて美しい街、というより村といったほうがいいような街がたくさんある。もちろんスペインのほかの地方にも、イタリアやフランスやイギリスやドイツにも、ヨーロッパにはそんな街がたくさんある。そのことがヨーロッパの魅力を構成する一つの大きな要素になっている。もちろん地域を代表する都市にも、それぞれの街の個性があり、それが文化的な伝統となって街の隅々に息づいている。

ヨーロッパの場合、日本では村と呼ばれる程の人口しかない大きさであっても、多くはちょっとした高台にあって、中心に石造りの教会や鐘楼があり、その前に小さな広場もあって、それを取り巻くようにして住居がある。しかも必要最低限の食料、チーズやハムやワインや缶詰や水などが置いてある、スペインではコルマードと呼ばれるお店を兼ねた、村人が毎日立ち寄るようなバルやレストランなどがあって、充分そこで生きていける小さな街としての佇まいがあり、そこになんとも言えない風情がある。

　もちろんなかには過疎化が進んで、廃墟のようになってしまった街も少なくはない。バルセロナから車で高速を飛ばせば一時間ほどで行ける距離にある小さな街も、二〇年ほど前は、住む人もほとんどいなくなって、石造りの街の建築のあちらこちらが崩れ落ちてきているような、そんな廃墟のような街だった。

　ところがマダムエルサが、小さな街を丸ごと購入してから街の運命が大きく変わり始めた。彼女が私財を投入して街を修復し始めたからだ。フィレンツェ生まれのエルサはもうずっと前から、創業二〇〇年近くもの歴史を持つニューヨークの世界的なブランドの専属デザイナーとして、ジュエリーやお洒落な装身具などをデザインしている。

　彼女がデザインしたものは、とてもシンプルでありながら何気ないエスプリが効いていて人気があり、ブランドの売り上げの半分近くがエルサの手がけたものによってもたらされるらしい。そうして得た資産を彼女は、廃墟と化しつつあった街を蘇らせるためにつかい始めたのだった。

　どうしてそんなことを始めたのかは、あえて聞いたことがないのでわからない。けれどもそのことによって、少しづつ小さな古い街が佇まいを整えていくのを自分の心身で体感することの喜びと意味は、少しは分かるような気がする。

街には、小さな街には不釣り合いなほどの、瀟洒な鐘楼を持つ美しいフォルムの教会がある。エルサはまずその教会を修復し、同時に、その隣にあった館を自分の夏の住居と、そして世界中から集めた彼女の工芸品のコレクションの収蔵場所を兼ねたプライベートなミュージアムにした。それから少しづつ道路や、街を取り巻く壁や壊れた住居などを修復し始めた。

新しい材料などは使わず、できる限り、新しく直したということがわからないように気を配った。そんな感覚は、彼女がフィレンツェ生まれだということと大きく関係しているように思う。何しろフィレンツェは美の街だ。私が大好きなボッティチェリの、ヴィーナスの誕生と春があるウフィツィ美術館ばかりか、アルノ川沿いには今でも、たくさんの職人たちの工房がある。それもまた彼女が手工芸品のデザイナーだということにどこかで影響を与えているに違いない。

そして何よりフィレンツェの街は美しい、けれど、第二次世界大戦の爆撃によって、フィレンツェの街はその大半が瓦礫と化した。それをフィレンツェの市民は、手間暇をかけて元どおりに復元した。新しく建てるより、ずっとお金も時間もかかるけれど、それでもフィレンツェの市民は、迷うことなくそうすることを選択した。そうしなかったとしたら、もちろん今のフィレンツェはない。

ヨーロッパではイタリアはもちろん、ドイツでもベルリンをはじめ、大戦で破壊された多くの街を、市民が元どおりに復元することを選択した。それは市民が自分たちの街や歴史やそこで育まれた文化を愛しているからにほかならない。というより、人の想いや心の多くは街によって育まれるということを、そして街は個々の建築によって成り立っていることを、彼らが当たり前のこととして知っているからだ。

　一つ一つ積み重ねられる文化もまた、人と、その人の営みを育んだ建築や街路と共にある。つまり街の姿を喪うことは、その街の文化や歴史や、それらによって育まれた自分たちの心と体の一部が喪われることだということを知っているからだ。人間には、時には自分より大切にしなくてはいけない何かがあり、それなくしては自分もないのだということが、無意識のうちにも心身のどこかに染み込むようにして記憶されているのだ、と思う。

　フィレンツェの街の周りには、豊かなトスカーナの大地がある。そしてフィレンツェはその大地と共にある。同じようにエルサの街も、もちろんずっとずっと小さいけれど、街の周りには豊かなカタルニアの大地がある。フィレンツェが蘇ったように、この街も少しづつ、しかし確かに蘇っていく。そうはいっても、たとえ小さくても一つの街の復元をたった一人の想いと力で……

大天使（アルカンヘル）Jと彼のパートナーのグランアモールSは、そのようにしてエルサが復元した石の住居の一つを借りていて、週末にはよく訪れる。大天使というのは彼の身長が二メートル四センチもあるし、しかもハンサムなことこの上なく、若い頃の写真などはまるでルネサンスの画家が描いた天使のようなので私がつけた呼び名。彼がいつも締めているベルトにはエルサがデザインした銀の金具がついている。

グランアモールSもアルカンヘルJも、バルセロナの郊外のマエストロ・レビと彼の建築工房(タジェール)の古くからの仲間。グランアモールSはマエストロ・レビの最初の奥さんで、彼が二度目の結婚をした後も、三度目の結婚をした後もずっと、タジェールの建築作品の写真やドキュメントを管理する仕事をしていて、彼女はタジェールの生き字引。彼女のスカーフ留めもエルサのデザイン。

グランアモールSとアルカンヘルJはエルサととても仲が良くて、バカンスがとれる夏場には三人は小さな街でよく会う。すっかり廃れていた小さな街には、今ではお洒落なオーガニックレストランさえできている。新しい住人も増えてきた。小さな街にはスーパーも映画館もスポーツジムも何もないけれど、三人は目障りなものが何もないこの小さな街が、ここに最初に街を創った人たちがおそらくそうであったように大好きだ。

アルカンヘルJは、建築家のマエストロ・レビが十九世紀のスペイン最初のセメント工場(ファブリカ)

の廃墟を利用して創った、仕事場と住居とが一緒になった建築工房のパートナーアーキテクト。世界的な建築家の本拠地が廃墟と化した工場を再生したものというのは珍しいけれども、崩れた壁をそのまま用いたり、巨大な機械をわざわざ内部空間に残していたりして、タジェールの空間は実にダイナミック。

仕事場も巨大な円筒形のサイロを利用したもので、職人というのは基本的に住居と仕事場が一緒になった場所で仕事をするものだという彼の考えを反映して、彼がパートナーと呼ぶ最も重要な仲間のアルカンヘルJもウイークデーはタジェールのなかに住んでいる。今は引退して葡萄畑を買ってワインをつくっているイギリスのAAスクールの出身のパートナー、ピータも、サイロのなかに住んでいた。

マエストロ・レビはそれに隣接した大きな館に住んでいる。館にはカテドラルと彼らが呼んでいる大きな、スケッチや作品の写真が展示されている空間があり、そこでは重要なプロジェクトの最重要人物とのミーティングを兼ねた食事や、特別なパーティなども行なわれる。

館の上部には、サラクビカ（キュービックサロン）と呼ばれている、マエストロ・レビの書斎と、特別に親しい人とのディナーなどをする大きくて気持ちの良い部屋がある。屋上にはたくさんの木々が生い茂っていて、そこが屋上だとはとても思えない。

館にはいろんな部屋があるけれども、一階にはこじんまりとしたアットホームな食事室があり、マエストロ・レビも息子たちも、グランアモールＳもアルカンヘルＪも、自分の好きな時間にそこで朝食を、それぞれが好きな時間に摂る。料理人がいるので、コーヒーはもちろん、ジュースでもオムレツでも生ハムでも頼めばなんでもつくってもらえるけれど、グランアモールＳとアルカンヘルＪは、ほとんどシリアルとカフェコンレーチェ。マエストロはトーストとコーヒーと果物のジュース、たまにオムレツ。お気に入りはスイカのジュースで、夏はよほどでなければスイカのジュース。

もうずいぶん前のことだけれど、アルカンヘルＪは、マエストロ・レビがタジェールの隣に創った、近代建築の方法や様式の枠や常識を覆す記念碑的作品、ウォールデン７を建築雑誌の表紙で見て、すぐにタジェールに駆けつけて仲間にしてもらうべく門を叩いた。

ただ、朝早く門を叩いて面会を申し込んだけれど、毎日通い続けても、マエストロに会うことさえ叶わなかった。今も昔もそうだけれど、その頃すでに世界的なスターになっていたマエストロ・レビは何かと忙しく、しかもタジェールに入れて欲しいと言ってくる学生などがひきもきらないので、パリ大学で数学を学びＭＩＴで建築家の資格を取ったフランス人のアルカンヘルＪもその一人と思われて無視され、極めて控え目で穏やかでおとなしいアルカンヘルＪは、受付さえ突破することができなかったのだった。

そんな彼をタジェールに引き入れたのがグランアモールSだった。仕事場に入る前に、毎日しょんぼりと門のところにいる青年に話しかけてみると、青年は実に聡明で人柄もよく、すぐにマエストロのところに連れて行くと、マエストロからも一目で気に入られた。グランアモールSとマエストロ・レビは、実は人の才能や潜在力を見抜くことに特別に秀でていて、そうして見出されて国籍や学歴や職業とは関係なく仲間になった人が何人もいる。建築設計事務所なのに、タジェールには詩人だって仲間としていた。

アルカンヘルJはすぐに才能を発揮し、フランスのモンペリエの大都市計画では、現在ニューヨーク近代美術館の建築デッサン室に保管されている街の全体像を表すヴィジョナリーデッサンを描くなど、タジェールにとってなくてはならない存在になっていった。でも、もしグランアモールSが目を留めなければ、と思えば、人の出会いほど不思議で、そして素晴らしいことはない。

ちなみにマエストロ・レビもアルカンヘルJも建築空間のヴィジョンやデッサンを手とペンで描く。だから空間のスケールが心身に染み込んでいる。最近は誰もがコンピュータで図面を描くけれども、自由に大きさを変えられるコンピュータでは、スケール感覚が狂ってしまって育たない。建築や街で大切なのは、キレイな図面ではなく、現実の世界に創り出される、美しくて快適な時空間だから……

近代の初めには工場があって栄えたけれど、時が移り、時代遅れの街としてすでに寂れていた街が、タジェールやウォールデン7が出来ることによって、いつの間にかお洒落な家が立ち並ぶ、バルセロナ郊外の最高級住宅街に生まれ変わったように、小さな街がエルサの想いによって少しづつ蘇っていくように、街も文化も人も誰かが、つまりは人が創る。同じように人もまた人や街や文化によって育まれる。

人の心のなかにひとたび
確かなものとして存在し
その人の心を膨らませた夢は
生き続けていつの日か
もう一人の誰かの夢と重なり合って
確かな形を持つものとして新たな命と共に
再びこの世に姿を表していいはずだ。

アンダルシアの小さな広場

グラナダの、ジプシーたちの穴蔵住居で知られるアルバイシンの丘からは、谷間を挟んで、人間の夢想と手技が創り出した奇跡の空間、ラ・アランブラが見える。白い壁の家々の間を縫うようにしてある小径をすり抜けたところの、斜面にある家の屋上テラスを利用したカフェから、陽が暮れる頃に眺めるラ・アランブラは特別。城壁に映える夕陽をぼんやりと眺めていると、いつの間にか時間の感覚を見失ってしまう。

五百年も前のスルタンがどんな人だったのかは知らないけれど、どんな想いでこの至福の館を後にしたのかなど、わかるはずもないけれど、でも、その心模様の残影が、今でも、ラ・アランブラとアルバイシンの間の谷間のどこかに漂っている気がふとする。

遠いところから、しゃがれた声で歌うフラメンコが聞こえて、今という時に呼び戻される。けれどすぐにまた、何もかもが一緒になった時空の中に自分の心身が当たり前のように自然に溶けていく。それがなんだか心地よい。

アンダルシア。
華やかさと哀しさが入り乱れた不思議な場所。
グラナダ、コルドバ、マラガ、カディス、ヘレス、セビージャ
プエルト・デ・サンタ・マリア。

アンダルシアばかりではないけれど、響きの美しい名前の街には人を魅了する何かがある。その名前に誘われて人が集まったのか、それとも人を魅了する場所だったから人が集まったのか、そこに住み着いた人たちが、その場所にふさわしい名前をつけずにはいられなかったのか、あるいは一目でその場所に何かを感じた人が、ふと呟いた言葉がほかの人の心にも染み、いつのまにか人々の口に馴染んだということなのか……

そんなことを想いながらラ・アランブラから離れ、坂を下りて余韻を背中に感じながら、小さくて角のない丸くて細長い石を丹念に敷き詰めて、いろんな模様を浮かび上がらせている舗道をたどりながら街の中心の方に向かう。

詩人ロルカの名を冠した、ロルカの片隅という意味のリンコン・デ・ロルカという名の小さなホテルの前を通る。昨日チェックインした宿。アンダルシアの宿らしく、三食の賄い付きのペンション・コンプレータ・スタイルの、パティオのある小さいけれど気持ちのいい宿。多分、ガルシア・ロルカが学生の頃に入り浸っていた、カフェ・リンコンシートを意識してつけた名前だろう。レセプションにはロルカの写真も飾ってあった。もしかしたら何かもっと、先代がロルカの友人だったとかいうような、それなりのエピソードだってあるのかもしれない。

でも何の関係もないかもしれないので、それに関してはあえて聞かなかったけれど、ただ、どこにでもあるバルのタパスは別として、美味しい料理をだすレストランを見つけるのが難しいグラナダでは、宿に戻りさえすれば、そこそこ美味しい、ほとんど家庭料理のようなメニューが食べられるのは嬉しい。三食付きなのに安いし、私が食べなかったからといって料理人が困るような料理を出しているわけでもないので、もし美味しそうなレストランを見つけたら宿に戻らなければいいだけの話。宿を通りすぎてしばらく歩いて、気付けば古い教会の前の小さな広場。日常とはちょっと違った気配。

もしかしたらお祭り、あるいは市？

大きめの使い古した天幕が四つほど大雑把に張られていて、その一つでは直径が二メートルほどもある、湯気が激しく立ち昇る大釜で、豚の腿から骨を抜き取った肉の塊がいくつも茹でられている。筋肉質の男が太い棒のようなものを、白濁した湯が煮えたぎる大釜に入れて肉の塊を泳がせる。

テントの前の細長いテーブルに出来上がったばかりのボンレスハムが並べられている、隣にはパン屋の出店も。とてもじゃないが手を伸ばさずにはいられない。そんな出来たてのハムを食べられる機会なんて滅多にあるものじゃない。厚く切ったハムを何枚か乗せた一皿を買う。ハムの厚さがまたすごい。一口かじれば、ジューシーなことこの上ない、それにハリのある噛みごたえ、素晴らしい。

それをパンに挟んで食べて、なんだかとっても幸せな気分。いろんなことがどうでもよくなって頭の中が空っぽになる。人間は食べなければ死んでしまう。だから、トコトン美味しいものを口にすればその間、生きていることさえ忘れてしまう。

で、少し落ち着いたところで周りを見ると、いつの間にやら少し赤みがかったベージュ色の石で造られた教会の前の小さな広場に人がいっぱい。ハムの迫力が圧倒的だったので気がつかなかったけれど、見ればいろんな店がある。巨大な田舎パンを並べた机。タコのピリ辛煮を売っている人。十字架を刺繍した白いクロスの上に置かれた、二十人でも食べきれないほどの大きさのアップルパイ。

スペイン風のソーセージを焼いているお兄さんもいれば、店主がどこかに行ってしまって、白い布を被せたテーブルの上に盛られたまま置き去りにされた焼き栗の山もある。若い人も老人たちも男も女もいて、誰もが着のみ着のままの普段着。みんな笑顔で嬉しそう。突然、時を知らせる教会の鐘。

アンダルシアの鐘が鳴る。
グラナダの街の鐘が鳴る。

もしかしたらそれが合図だったのか、不意に現れた不思議な衣装を着た人たち。扉は閉まっていたけれど、教会の入り口は小さな広場から少し高いところにあり、古びた石の階段が扇状に十段ほど、入り口を取り巻いて造られている。それを上りきった六メートルくらいの長さの平らになった場所に姿を現した、奇怪な、というしかない衣装をまとった人々。雰囲気が一変する。一瞬にして何百年かの時空が乱れて、いつの時代のどこにいるのか判らなくなる。もしかしたらグラナダの大地の下から鐘の音に誘われて蘇ったのかとさえ思う。

薄汚れてくたびれた穴の空いた分厚い毛布のようなマントにボロボロの帽子を被った男。大きな臙脂色の魔女のような帽子を被り、長いブルーのドレスを着た女性もいる。裾が長く、黒い石が埋め込まれた地面をズルズルと掃き清めるかのようにゆっくりと歩く。
ほかにも奇妙な衣装、というか、何百年も前に芝居で使われたたまま、そのままどこかの倉庫の片隅に眠っていたのを適当に引っ張り出してきて、それぞれが勝手きままに身につけたような、全く統一感はないけれど、でも全体として妙にサマになっているちょっと不気味な、けれどなんだかワクワクもする奇妙な集団。

西の果て。

そんな言葉がふと浮かんだ。ユーラシア大陸の西の果て。アフリカに向かって突き出したイベリア半島の最南端、アンダルシアの大地の下には、いくつもの時代の人々の営みが眠っている。キリスト教、イスラム教、それよりもっとずっと古いケルトやゴートやフェニキアやカルタゴやギリシャやローマなど、数えきれないほどの雑多な民族と文化の息吹がこの地で渦を巻いて混ざり合い、そしていつの間にか、灼熱の地の強い日差しを逃れるようにしてどこかへと消えた不思議な場所。

今をこそ生きなければ全てが風のように過ぎ行きてしまうことを、眩しすぎて見えない光のせいで、何もかもが蒸発して蜃気楼のように消えてしまうことを飽きるほど思い知らされ続けてきた場所。この大地の下には、人にまつわるあらゆることが埋もれている、あるいは眠り続けている。

だからこうして、ときどき地上に出てくる。そんなことを想わせるような、奇怪さを素顔のようにまとった連中が、言葉を発するわけでもなく、演劇っぽい仕草をするでもなく、ただ広場をぐるりと一回りすると、そのままどこかに消え去った。ハムパンを手にしたまま呆然としていると、すぐ後ろで声がした。

アナタハニホンノカタデスカ。

振り向くと、目の大きな若い娘がにっこり笑って立っていた。まるで明るい色彩の絵の中から抜け出てきたような雰囲気。そうですと言葉を返すと、ワタシニホンノコトヲベンキョウシテイマス、とわりと癖のない綺麗な発音でその娘が言う。よりによって何もこんなところで、と思ったけれど、考えてみればそんなことは余計なお世話。聞けばグラナダ大学の学生らしい。何を勉強しているのと言うと、ジョウモントアイヌノコトガスキデス、と答えた。

どうして？　と思わず聞いてしまったけれど、それもまた余計なお世話。

モジノナイブンカニ、キョウミガアリマス。

縄文はヨーロッパでもわりと知られて興味を持っている人も多い。けれど、興味の対象は主に火焔土器だったり宇宙人のような土偶だったりするのに、その娘は、日本人の祖先が文字を持たなかったことが面白いと言う。もちろん文字を持たなかった、もしくは文字を必要としなかった文化はほかにもある。ネイティヴアメリカンがそうだし、ケルト人も文字を持たなかったといわれている。もしかしたら文字を有する言語の方がはるかに少ないかもしれない。

どうして文字を持つ文化とそうでない文化があるのか？　考えてみれば不思議だ。それより西の果ての複雑な文化が混ざり合うアンダルシアで育った娘が、一万年以上も前にユーラシア大陸から離れて海の中の列島となった、まさしく極東の文化に興味を持ったということ自体に驚かされた。

でも考えてみればロルカの詩には、歌うような詩が多い。体の底、地の底から声を絞り出すようにして歌うフラメンコのカンテホンドも、ロマたちの間で代々歌い継がれてきた話し言葉による歌であって、文字を必要としない。カーニバルやハロウィンのようなキリスト教文化圏のお祭りも、ルーツを辿れば自然に密着したケルトの祝祭を受け継いだものだ。

アイヌの民も豊かな民話を持っている。それらもまた口伝てに伝えられてきたもの。物語も歌も、文字がなければ伝えられないわけではない。もしかしたらそれは、書かれた文字を読んで理解することよりも、もっと人間的な、肌と肌、目と目、手や声の温もりとともに同じ時空を共有しながら、同じ空気と気配を味わいながら分かち合う、言葉という、人が発する音の調べや呼吸を介した音楽や、遠い天空や地の底からの音連れにも通じる何かと出会う喜び、あるいは死や命や永遠や見知らぬ世界との自然な触れ合い。

もしかしたら極東のアイヌの歌と極西のアンダルシアの歌とは、人の魂のどこか深いところで、互いにつながりあっているのかもしれない、とふと思った。

だって、地球は丸いから。

だから極東と極西は、いつかどこかで交じり合う。だから私はスペインが肌に合うのかもしれない。だからこの娘はジョウモンやアイヌが好きなのかもしれない、と勝手に思った。で、そんな一瞬の時空遊泳から覚めると、アンダルシアの若い娘がまだ、キラキラした大きな目で私を見ていた。もう少し話がしたくなって、雑踏の向こうに、二人で坐るカフェを探した。

不思議な島で

イビサ島。地中海の小さな島の闘牛場でのパコ・デ・ルシアのコンサート。それほど大きくはない島に闘牛場があるのも、そこでの世界的音楽家のコンサートというのも面白いが、イビサ島には大きなディスコはあっても、ビッグアーティストのコンサートをやるような場所は闘牛場しかない。

そんなわけでイビサの闘牛場では、エリック・クラプトンやボブ・マーリィのコンサートが行われたし、ちょっと渋目のUB40やマッドネスのコンサートなども行われた。住んでいる人は多分五万人くらいしかいないのに、夏のシーズンには世界中からものすごい数の観光客、と言っても普通の観光地とはちょっと違う種類の連中がやってきて、数千人が入る野外ディスコや無数にあるディスコやミュージックバーを満杯にして夜明けまで踊り、その勢いで海辺に押し寄せて、あっという間に浜辺をヌーディストビーチに変えてしまう。

そんなわけでクラプトンほどの大物でも、一応ギャラが払える程度には客が入る。とは言っても、クラプトンもボブ・マーリィも、場所が場所なので仕事というより、ちょっとしたバカンスを兼ねて、ということなのだろうと思う。それが証拠にクラプトンは飛行機ではなく豪華なクルーズ船でバンドメンバーと一緒にやってきた。ボブ・マーリィにいたっては、やってきてすぐに気に入って、ギャラを全部つかって家まで買った。とはいうものの、せっかくの家を活用する前に亡くなってしまった。

イビサが好きで住んでいたミュージシャンはたくさんいて、古いところではベルベットアンダーグラウンドのヴォーカルのニコ。クイーンのフレディ・マーキュリーなどもいた。まあそんなわけで音楽好きが多く、そこそこ有名なアーティストであれば、当然のように客は入る。

だから、フラメンコの世界に革命を起こし、フラメンコの魅力とすごさを世界に知らしめた天才フラメンコ・ギタリストのパコ・デ・ルシアともなれば客が入らないわけがない。

でも普通のコンサートと全く違っていたのは、会場に多くの、スペインではヒターノと呼ばれるロマ、つまりはジプシーたちが大挙して会場に来ていたこと。フラメンコギターのコンサートだからではない。パコは自分のコンサートにしばしば同朋のロマたちを無料で会場に入れるからだ。太ったおばちゃんや目つきの鋭い兄ちゃんや、ボロボロの服を着てあちらこちらを走り回る子どもなどのロマたちは、つまりはパコの招待客なのだ。

ということで、金を払って入場した大勢のイビサファッションの若い娘たちや青年たちに混じって、大勢のロマたちが堂々といる、というか、連中の方がはるかに目立っている。なんせ違和感と存在感を振りまいて周りを圧倒してしまっている。

そうこうするうちにステージにパコ・デ・ルシアが姿を現し、いよいよコンサートが始まろうとしたその瞬間、近くにいた太ったロマのおばさんがとんでもなく大きなしゃがれ声で、パコ・デ・アンダルシア！　と叫んだ。声がした方をパコが見る。なんだか妙に納得してしまう大向こうからの掛け声。

というのも、確かにパコはアンダルシアの出身だけれども、だからルシアを名乗っているというわけではない。ルシアというのは彼のポルトガル系の母親の名前からとったもので、つまりルシアの息子のパコ、という意味の芸名。
ルシアはもともとはイタリアの聖女（サンタ）ルチアから来ていて、イタリアでのルチアもスペインでのルシアも、女の子の名前としてはかなり人気があって、どちらも光を意味する言葉なので、聖女ルチアは一般的に光の守護神ということになっている。

つまりロマであるパコ・デ・ルシアを含め、フラメンコの発祥地であるアンダルシアはロマたちにとっての故郷、そしてパコは今や、被差別階級であるロマたちの希望の星。そんな親しみと尊敬と誇りを一緒くたにして丸めて放り投げたような見事な掛け声。

ロマは何かにつけて侮れない。観光地でもあるスペインの大都市にはどこにだって、これ見よがしに幼子を抱いてお金をせびるロマの女がいたるところにいる。かと思えばフラメンコのステージでは、もうこの瞬間に死んでも悔いはないと言わんばかりの神がかり的な歌や踊りを披露したりする。ロマにしては珍しくノーブルな顔で冷静にギターを弾くパコ・デ・ルシアに至っては、どうしてそんなことが出来るのかと呆然とするしかないダイナミックかつ繊細極まるメロディを超スピードで、しかも決してリズムを狂わせることなく弾く。

普通のロマの男たちの目つきだって、だいたいにおいて鋭い。動きは機敏で、一体全体何をして食べているのかは常に謎だが、社会の最下層にいる者ならではの、肚の底に沈み込ませたやけっぱちの、一触即発のプライドからくる殺気のようなものを全身にまとっていて油断がならない。

それは子どもも同じで、イビサのどこにでも生えているウチワサボテンの、細かな棘だらけの、たいして旨くもなんともない実を空き箱の上に並べて、堂々と路で観光客に売りつけていたりする。

ロマたちは昔は鍋釜を含め家財道具一式を荷車に乗せて放浪していたらしいけれども、今では定住しているロマたちも多く、イビサでも城壁の中の旧市街の、ちょっと入りくんだあたりにかなりの数のロマたちが住んでいる。

バルセロナなどの都会では、もう何代にもわたって定住しているロマたちがいて、そんな中から、フラメンコ・ロック、あるいはフラメンコ・エレクトロニカとでもいうべきディスコサウンドを売りにするビッグネームなども現れて、そういう連中は、なんせ生まれた時からリズムが命のフラメンコを肌で感じて育つものだから、間の取り方や合いの手の入れ方や即興的な躍動感が絶妙。

そのうえイギリスをはじめ世界中からやってきたＤＪなどが、イビサのクラブディスコで夜な夜な演奏したりして、しかもアフリカに近いため、モロッコやアルジェリアの電波までが当たり前のように入る。そんなこんなでイビサで、あらゆる音楽がミックスされた最先端の独特のミュージックシーンが醸成された。

激しいディスコサウンドばかりではなくて、のちにチルアウトと呼ばれるようになって世界中に広まった、海に夕陽が沈むのをじっと眺める背景に流される静かなサウンドもバラエティに富んでいて、そういう音楽はイビサ島という不思議な揺り籠があったからこそなんだと思うしかない。

なんせ地中海に浮かぶイビサ島は、大昔からそういう場所だった。民家はちょっとギリシャ風だし、海の水がきれいで日差しも強いので、大昔から塩田があり良質の塩が採れる。ローマ時代にはローマ人は家を建てる前に、蛇がいないイビサ島の塩を有り難がって魔除けに敷地に撒いたらしい。

イビサの浜辺からは、そのずっと前の時代のフェニキアの貨幣が見つかりさえする。サリーナスの塩田があるあたりと、イビサに隣接するフォルメンテーラ島との間にあるエスパルマドールと呼ばれているあたりは、地中海で最も水が美しくて透明度が高くて景色も良く、ヨット乗りたちの聖地として有名。

塩があって美味しい生水があったイビサ、しかもそれほど大きくはないため強力な王などがいたわけでもないイビサは、地中海を行き来する船にとって太古の昔から格好の寄港地、もしかしたらどこの統治下にもない、やや中立的な島としての独自の生き方をし続けてきたのかもしれない。

何しろイビサ島は、島ごと世界遺産になっていて、その理由が多様な自然と文化の共生、というのだから、これはもう何千年もの月日をかけて人と海と島とがつくりあげた年季の入った作品のようなもの。

イビサに古くから住んでいるイビサ人、イビセンコは情が深いけれども何事にも動じなくて、これは入れかわり立ちかわりやってくるよそ者に対して、いちいちそれが敵か味方かなどと考えていたら疲れてしまうからだろう。全てのことは過ぎてしまえば一夜の夢。それに島や海がなくなるわけでもあるまいと腹をくくり続けてきたことで培われた知恵、あるいは精神風土のようなものなのかもしれない。

そんなイビサ島の中心部、旧市街と新市街の接点にあるバラ・デ・レイという広場のまわりにはカフェやバルや映画館や本屋やホテルなどがあって、ホテル・モンテソルの前のオープンテラスには、ヒッピーの街、ファッションの街、音楽の街イビサならではの連中がたむろしている。シャラシャラした薄くてスケスケのイビサファッションに身を包んだおしゃれなお姉さんたちや、イージーライダーのような格好をした連中や、裸のごっつい体に皮のパンクジャケットを羽織った危ない連中などなど。

バラ・デ・レイにある映画館は割と新しくて新着の映画などもやっているけれど、そこから少し路地を入って旧市街に向かう路には、たぶん昔は劇場だったところを適当に改造したに違いない古い映画館がある。映画館といっても毎日映画を上映しているわけではなくて、ピンク・フロイドが音楽を手がけたイビサが舞台のモアという映画とか、オーソンウェルズのフェイクなんかを再上映したり、たまにわけのわからないアヴァンギャルドの映画を上映したりするけれど、大概は閉まっている。

ただ、映画館の一部がバルになっていて、舗道にテーブルを映画館の間口一杯に並べている。つまりかなりの数の安っぽいテーブルと椅子が無造作に並べられていて、モンテソルのカフェとはかなり客層が違う。客はみんな普段着だし、もちろんコーヒーの値段だってこちらの方が安い。

旧市街の城門の下の古い市場や、スペイン風サンドイッチのボカディージョなども売っているパン屋からも近いので、朝から昼にかけてはだいたい満席になる。客のほとんどはイビサに定住している外国人か地元のスペイン人で、朝の買出しの後、ちょっと一服するために立ち寄るのだろう。そんなわけでそのバルは顔見知りが多く、ちょっとした情報交換の場所にもなっていて、メッセージを貼り付けるボードなどもかけてある。

そんなバルの客の中に、決まって隅の方の丸テーブルに陣取って朝から昼過ぎまでずっと居る青年がいた。背はそれほど高くはないが、結構整った顔をしていて、毎日テーブルの上に小石を並べて、たまに小さな声で何やら呟きながらずっと同じ場所に坐っている。知り合いがいる様子もなくて、市場からの帰りにいつも見かける青年はいつでも一人。しかも裸足。テーブルは三人がけなので、残りの二つのパイプ椅子にはいつ見ても、誰も坐っていない。

ほかの街なら店主やまわりの客から何か言われたりするのだろうけれども、何しろイビサなので、なんだか神妙な顔をしてテーブルいっぱいに小石を並べているだけの青年に注意したりは誰もしない。あいつはそういうやつだとして放っておいているのだろう。

何しろイビサは、島自体が一種の磁力のようなものを放っていて、世界中からその磁力に引かれていろんな人がやってくる。私だってそうだ。バルセロナから朝早く港に着く船に乗って初めてイビサにやってきた時、朝の光とともに次第に洋上に姿を現してきたイビサは、城壁が太陽の光を反射して金色に輝いていて、この島は特別な島なのだと思わずにはいられなかった。しかも港に降り立った時、なぜか遠い遠い昔、自分はこの島に住んでいた、という不思議な感覚がこみあげてきた。

そんなこんなでイビサ島には世界中からいろんな人間がやってくる。だから、どんな人間だっている。もちろん、一風変わった人たちだってなかにはいる。というより、イビサの磁力が強すぎて、おつむが別の世界の住人になってしまう人だって少なくはない。もしかしたらこの青年も、そんな一人かもしれないと思った。だってなんだか眼が虚ろ。

けれど毎日見かけているうちに、よせばいいのに、なんとなく端正な顔立ちの青年のことが気になって、ある日、ついバルに立ち寄って、ここに坐ってもいい？　と言って青年のテーブルに坐った。青年は私が存在していないかのように、そのままテーブルの上の小石を見つめて、時々それを動かしている。

何をしているの?
軍隊。
ということはここは戦場なの?

すると青年が初めてこちらを向いて、そう戦争、と答えた。見れば小石はなんとなく向かい合って並べられているようだった。つまりこちらは敵? そう聞くと青年は、そう、そして、こっちが味方、とポツリと言った。そうして敵側の石を一つ取って味方の石の前に起き、しばらくじっと味方の石を見つめると、それを指で取って薄汚れた皮の袋に入れた。どうして石を袋に入れたの? と聞くと、青年は私の顔を見て一言、死んだ、と呟いた。

もしかしたらこの青年は、徴兵されてどこかの戦場に行って、それで何か過酷な体験をして、それで頭がおかしくなってしまったのかもしれない、だからいまだにその妄想の中にいるんだ、となんとなく思った。

それでもしばらく見ていると、今度は味方の小石を手にとって、敵陣の左のほうにいくつかまとめて置いてある石のところに置いた。どうしたの、と聞くと青年は、捕虜、とポツリと呟いた。そうしてまた石と石を見つめて、石を袋に入れたり捕虜にしたりしている。なんだかいたたまれなくなって、でも戦争はいつか終わるよねきっと、と言ってみた。

青年が黙ったまま私の目をじっと見た。戦争が終わっても世界はまだあるよね、死んだ人は戻らないけど、捕虜になった人は、いつかは解放されるよね、そうしてみんな生きていくよね、君だって、こうして生きているよね、これからもずっと、戦場じゃないこの場所で

……

すると私の方をしばらくじっと見続けていた青年が、急にテーブルの上の石を集め始めた、そしてそれらを皮の袋に詰め、上の方を紐で固く縛って右手に持ち、そしてその手を私の方に差し出した。

どうしたの？

戦争が終わった。

だからこの石たちはみんなあなたのものだ。

そう言うと青年は席を立って消えた。わけがわからずに、取り残された気分になった私も、仕方なく席を立って、もらってしまったたくさんの石の入った皮袋を、そこに置いてくるわ

けにもいかないので、籐でつくられたイビサバッグに入れて家に向かった。

こんなものをもらっても困る。まさか彼の代わりに自分がバルで石ならべをするわけにもいかない。なんだか混乱しておかしくなりそうな頭を抱えて歩きながら、そうだ、と思った私は家を通り越し、家の前の崖を降りたところにある、同じような大きさの石がたくさんある海辺に行き、そして、もらった石をばらまいた。つまり、イビサの海の水に洗われながらそこにある仲間たちと一緒にしてあげた。

驚いたのは翌日だ。家から旧市街の方に歩いていくと、向こうの方から歩いてきた二人づれの男女の片方が、私に向かって手を振った。知らない人なのにと思ったが、見れば昨日、石の袋を私に手渡して消えてしまった青年だった。なんだかさっぱりした服を着て、何も言わずに私の横を通り過ぎ、振り返って笑顔で私の方に手を振りながら、なんと、可愛い女の娘と手までつないで、向こうの方へ弾むようにして歩いて行った。しかも、見れば靴まで履いていた。

空と海の間を流れる水

バリ島のデンパサール空港。熱帯の島ならではの湿度の高いムッとした熱気。税関から到着ロビーに出ると大勢の人。すぐに雑踏の中から美しいバリの衣装を着たK子さんが現れて笑顔で出迎えてくれた。それがバリ島の音楽舞踊を取り仕切るプリアタン王家に嫁いだK子さんとの初めての出会い。すぐにK子さんのお世話も兼ねるバリ人が運転する車でウブドのホテルに向かった。

K子さんの私に対する振る舞いは、なんだか昔からよく知っている人のように自然で、初めて会った人とは思えなかった。私がバリに来たのは、明治の初めに創業して以来、美と共に生きることを願う人の心に寄り添うことを企業ミッションにして成長し、今や世界企業であり続けている企業の明日を担う人材を育てるための、私がプロジェクトをデザインした四日間の体験合宿塾の舞台を、バリ島にしようと思ったからだった。

それほど明確な理由があったというわけではない。ただ、それまで行ったことはなかったけれどバリ島のことは何人かの友人たちから聞いていていて、なんとなく惹かれるものがあった。イビサ島でもバリ島が好きな友人は何人もいて、シーズンオフの冬をバリ島で暮らす人もいれば、夏の喧騒を避けて夏の数ヶ月をバリの別荘で暮らすお金持ちの女性もいた。彼女からバリ島の話を聞いたことはなかったけれど、彼女の家の居間の壁には、たくさんのバリ舞踊で用いる仮面が無造作に飾られていて、どれもよくできていて面白かった。

体験合宿塾には企業のさまざまな部門から一人づつ、会社の組織を横断する形で、社長を含めて二十五人ほどが参加して、かなり密度の濃いプログラムを集中的に体験する。一種の研修旅行ではあるけれども、プログラムは全て訪れる場所の文化や社会の仕組みやその運営などと関係するものばかりで、具体的な事業の話などはなく、いわゆる観光のようなものでもない。

また伝える内容をあらかじめ限定せずに、その場所の最高の文化に触れたり、その社会のありようや価値観を牽引している人の話を社長と聞いたりする時空間を共有し、何かに感動したとして、それがどうしてなのかを、それぞれが自分の頭で考えるという方法で、普通の会社ではありえないほど贅沢なもの。

それだけに塾の舞台となる場所や体験するテーマを選ぶことがとても重要で、こういう場合は私は頭ではなく、ほとんど体で考える、というか、直感や皮膚感覚を何より重視することにしている。とは言っても、とりあえずバリ島という場所がどういうところなのかを知らなければ話にならないので、彼女が関わっているホテルのあるウブドに行く途中、いくつかのバリ的と言われている場所に寄り道をしていくことにした。

土産物屋などが軒を連ねる通りやサーファーたちが集まる海岸のある有名なクタや、超高級ホテルがある、海が美しいことで知られているサヌールやレギャン、高級リゾート地として開発されているヌサ・ドゥアなどにちらっと立ち寄ってみたけれど、どうもピンとこない。

ところが高地にあるウブドに向かうにつれて大きく何かが変わり始めた。どんどん山の中に入っていくにしたがってまわりの緑が活き活きとしてきて空気も違う。ヴァイブレーションがどんどん強くなる。ウブドについてホテルにバッグを預け、すぐにウブドのメインストリートをK子さんと歩いてみた。

すぐに目に入ったのがロータス・カフェ。カフェに隣接して大きな蓮池がある。大きな蓮の葉がびっしりと、池の水が見えないくらいに生い茂っている。カフェに入って蓮池を見ながらコーヒーを飲んでいると、なんだか無性に懐かしいものを感じた。どうしてかはすぐに分かった。景色は全く違うし風も違うけれど、雰囲気がどこか地球の反対側の島、イビサに似ている。

通りの向かいには、スペイン語で月の家という意味の、カサ・ルナという名前のカフェもある。たとえ景色や気候は違っても、文化的磁場の強いところには、必ずと言っていいほど共通する魅力、文化的な香りや人間的な気配が漂っている。極めてローカルな独自の文化的魅力と地球的な最先端の文化的魅力とが混在していると言ってもいい。

その時にはもう、体験合宿塾の舞台をウブドにすることは決めていた。けれど念のためにK子さんの車に乗って、もう少しウブドを見て回ることにした。最初に行ったのは、美しいライステラスが見渡せるレストランのあるホテル。それにローリング・ストーンズのミック・ジャガーがお忍びでよく来ているというホテル。どれも高級で、やや古い感じのバリスタイルとのこと。ミック・ジャガーはイビサにも時々姿を現していたけれども、なるほどやっぱりここも好きだったんだと妙に納得した。

最近できたばかりのウブドの奥の山の中の谷間にある世界的に有名なホテルグループの、ダイナミックでモダンな意匠を取り入れた超高級ホテルもあったけれども、ほんの少しスノッブな感じがした。でもデザインそのものは趣味が悪くはなくて、世界中のちょっと変わったお金持ちにはピッタリだと思った。

もう充分と思い、それに疲れてもきたので、塾の参加者が宿泊する予定のホテルに向かった。ホテルはウブドの王家が新たに渓谷のほとりの絶好の場所にバリスタイルで創ったコテージが散在する気持ちの良いホテル。そのホテルの、渓谷を見渡す、谷を渡って吹いてくる風が気持ち良いテラスカフェで休むことにした。

そこに着くまでにK子さんに随分バリやウブドのことについて話してもらうにつれて、いろんな要素がはっきりとつながりあって、全てのプログラムをウブドとその周辺を舞台に行うことは、自分の中ではもうはっきりしていた。

空と海の間を流れる命の水。

テラスのある高台から緑あふれる谷間を眺めながら、そんな言葉がふと浮かんだ。バリ島は豊かな自然に恵まれた島だ、雨も多い。だから米を一年に三回も収穫することができる。いたるところに当たり前のように花が咲き誇り、いろんな果物がなっている。とりわけウブドは高地にあるため、清らかな雨水が勢いよく沢を流れ下る。その水を利用して棚田で米をつくる。バリには、全ての田んぼに平等に水が行き渡るようにするための水の権利とその利用の方法を定めたスバックという実に優れた仕組みがある。スバックの調整をするのはヒンズー教の高位の僧侶。

ウブドではいたるところに、バナナの葉でつくった小さなお皿にお米や海の幸山の幸を入れたカラフルなお供えがされている。宗教的な場所はもちろん、家々の角や大きな樹にもたくさんのお供えがされていて、お供えは毎日取り替えられる。それは食べることに困らない豊穣な地だからできること。だとしても、それを天の恵みとして素直に感謝し神々にその気持ちを捧げるかどうかで、人々の生き方や心や文化や社会のありようが変わる。

インドネシアにはイスラム教徒が多いけれども、バリ島ではヒンドゥー教が信仰されていて、信仰心はきわめて厚い。しかも神を敬う気持ちや自然の恵みに感謝する気持ちが、日常の風景や営みや行事の中に自然に表れている。だから僧侶はみんなから親しまれ尊敬されている。そんなことなどを話して、具体的なプログラムの話を始めた時、突然K子さんが私の顔を見つめて言った。

さっきからずっと思っていたんですけど
あなたはもしかしたら
一九〇〇年の女神たち
という本をお書きになった方でしょうか？

そうです。

やっぱり！

絵が好きで名古屋の美術学校で洋画を学んでいたK子さんは、景色やアートを含めてずっとヨーロッパが好きだったのに、運命が織りなす綾とでもいうしかない導きによってバリを訪れ、バリの踊りの美しさに魅了され、踊り子の絵を三ヶ月ほどバリで描いているうちに、バリの音楽舞踊のリーダーだったプリアタン家の長老に気に入られ、どうか息子の嫁になってほしいと懇願された。どうやら長老はK子さんを一目見たときにすでに、息子の嫁はこの人しかいないと、なぜか瞬時に心に決めたらしい。バリでは直感が理屈を超えることは珍しくない。

それからいろいろあって、もちろん跡継ぎの息子のバグースさんの心の美しさ優しさもあって、子どもの頃から天才と言われ続けてきた踊り手との恋が芽生えた。そうして結婚を決意したものの、そのことを親に告げれば、親はもちろん親戚や親しい人たちにとって、青天の霹靂とはこのことで、簡単に同意など得られるはずもない。優しかった父が烈火のごとく怒るなど、とにかく進むことも戻ることもできずに、涙なみだの日々が続いたけれども、結局、跡継ぎの王子の真心が親の心を溶かして許しが出て、だからこうしてここにいると言う。

そんなことをK子さんは、極めて繊細な感受性の持ち主なのに、そのことを感じさせない健康的と言っていいのかどうか、細心の大雑把さ、あるいはおおらかさとでも言うしかない空気感のなかで笑みをたたえて話してくれた。

そして本。K子さんは名古屋の大きな書店で見かけた私の本が一目で気に入り、すぐに買って家に帰り、何度もなんども見返していたらしい。で、バリに嫁ぐときにも持ってきたかったけれど、でもバリのように埃っぽくて湿っぽい気候のなかで本にカビでも生えたらいけないと思い、布に包んで実家に置いてきたほど大好きな、自分にとってはとても大切な本だという話をしてくれた。それはもちろん嬉しかったけれど、それより、なんだか縁というものの存在を強く感じた。

それからしばらくして体験合宿塾が実行されたけれど、K子さんのマネージメント力と統率力とネットワークと親和力が素晴らしく、実に豊かなプログラムが展開された。K子さんの全体的なガイダンスに続いて、僧侶によるスバックの話。僧侶でありバリの伝統的な影絵芝居の演者でもあるシジャさんによる、神々や天地を司る力に関する哲学や生活のなかの美についての話。

ウブド王家の当主のスカワティ氏によるウブドの美とそのマネージメントの話。ウブドでは農民たちは農作業に二、三時間を費やした後は、絵や彫刻や音楽や踊りやバティック染などの技芸に勤しむ。それはお土産ともなるため生活に根ざした重要な仕事ともなっている。つまりウブドでは誰もがアーティストなのだけれども、その伝統はそれほど古くはなく二十世紀のはじめ頃に、オランダの画家などを招いて創り出したもの。

ちなみにウブドには映画館はない。それはスカワティ氏が、もしハリウッド映画などに染まってしまったら、バリの音楽や舞踊に興味を持つ子どもが減ってしまうことを危惧して、あえてつくらせていないため。それより幼い頃から一流の音楽や踊りと触れ合えば、その面白さを体が知るから、ということでそのための学校を創り、積極的に自然とともにバリの最大の資本である芸能を育成していて、文化は創られ育てられるものだということが痛いほどわかる。

バリ島では宗教行事のオダランなどの神に捧げるお祭事がいつでもどこかで行われていて、その時に担がれる山車や、行列に用いられる果物や花を組み合わせた飾りなどの多くは、シジャさんなどの影絵師の指示のもとにつくられる。つまり影絵という娯楽を通じて権力の横行を諫めたり人の道を説いたりする影絵師は何かにつけて大忙し。それでなくともシジャさんは影絵を操りながらジャズの即興演奏のような効果音を入れたりして、ほぼ老人と言っていい年なのに、とにかくいつでも肩に力の入らない全力投球で大活躍。

もちろん神と悪魔が延々と勝負がつかない戦いを繰り広げる舞踊劇や本格的なケチャなども体験したけれど、亡き父の後を受けてプリアタン王家の音楽舞踊団を率いるバグースさんの音楽と踊りについての話がとても面白かった。

彼は浮世離れした人で、彼と結婚したK子さんが、用事で街に行くというバグースさんに日本の夫婦みたいに、では帰りに鶏肉を買ってきてと、買い出しなどしたこともない旦那に頼んだところ、持って帰ってきたのはカゴに入った小鳥。頼んだのは鶏肉でしょうというK子さんにバグースさんは、鶏肉は一度食べればそれでなくなるけれど、でもこの鳥は毎朝君に歌を歌ってくれるんだよ、と言ったとのこと。誰もが天才と認める音楽演奏と舞踊の名手、そんなバグースさんは、とりわけ鳥の踊りの名手だということだった。そこで私は思わず、鳥というのはどういう動きで表現するんですか？　と聞いてしまった。

鳥はこういう風に飛びます。

そう言って、バグースさんが、ほんの二秒ほど体を動かしたその動きを目にして仰天した。その瞬間に空間全体がスッと動いた。つまり自分が一瞬、空中を飛んだように感じたのだった。それは技とか巧さとかいう次元を軽く超えた何かだった。

その時、フラメンコに革命を起こした天才ダンサー、アントニオ・ガデスのことを思い出した。あれは十七歳年上の親友、写真家のロベルト・オテロと一緒に、マドリッドのアントニオの家を訪れたときのことだった。それほど大きくはない部屋で、三人でガラスの小さなテーブルを囲んで床に坐ってビールを飲みながら話した。アントニオの背後には大きなタピエスの絵があった。アントニオはタピエスが大好きなのだ。

話はもっぱらイビサのエスパルマドールにヨットで行くにはどうすれば良いかという話で、セイリングに凝り始めたアントニオに、ベテランヨット乗りのロベルトが、地図を見ながらいろいろ細かく説明する。海の底が綺麗に透き通って見えるエスパルマドールは、そのぶん水深が浅く、下手をすれば座礁してしまうからだ。

そんな話をしながらロベルトが不意に、そうだお前のハバナ葉巻のパッケージの本、あれをアントニオにあげろよ、アントニオから葉巻好きのフィデルに渡してもらえよ、と言った。どういうこと？

聞けばアントニオは長年の激しいダンスで首の骨を相当痛めていて、首を支えるためと痛まないようにするために、首にはチタンか何かの金属が埋め込まれているらしい。その手術をしたのはフィデル・カストロの主治医。アントニオとフィデルとは仲がよく、フィデルの誕生日には決まってアントニオがキューバに行き、彼のために踊る。ついでに首を主治医に診てもらうということが数年続いているらしい。

今度日本に行った時にその本を二冊楽屋に持ってきてくれ。一冊は俺に、そしてもう一冊は俺が、必ずフィデルに手渡す。

そう言いながらアントニオは、私のコップが空なのを見ると、ビール、もっと飲むよね、と言いながら、床に坐ったその姿勢のまま、スックと、まるで重力というものが存在しないかのように軽やかに、浮かぶようにして立ち上がり、クルリと踵を返すと、背筋を伸ばして流れるように冷蔵庫の方に向かった。それはもう、舞台の上のアントニオのキレのいい動きそのものだったけれど、それより何より、目の前で何の前触れもなく起きた一瞬の、人間業とはとても思えないような動きに私は呆然とした。これが全身で表現する天才ダンサーというものだとつくづく思った。

そんなことを思い出させたバグースさんの話も終わり、プリアタン家での食事をしながら彼らの音楽舞踊団、ティルタ・サリの華麗でダイナミックで幻想的な舞踊を見てホテルに帰ってくると、すっかり暗くなったホテルの庭でジュゴグの演奏が繰り広げられていた。Ｋ子さんが私たちの帰りに合わせて用意してくれたものだった。

ジュゴグは巨大な竹を並べてつくった、竹琴というにはあまりにも大きな、大小の楽器を十四台も並べた演奏団が二組、向き合って演奏を競い合うもので、最も大きなジュゴグはまるで大砲のようで、その上に乗って厚いゴムを巻いた重いバチで叩きつけるようにして音を出す。大小の音色が重なり合った不思議な、大きいけれど柔らかな、大地の底から響いてくるような、あるいは体のなかの何かにダイレクトに沁みてくるような音が、体を抜けて漆黒の夜空の中に消えていく。

うっとりとして眺めていると、一番上の大きなジュゴグに乗って力一杯叩いているバリ風の頭飾りをつけたリーダーと思しきバリ人が、盛んに私を手招きしている。一応近寄ってみると、乱暴に私の手をとってジョゴグに乗せる。その間も演奏の手を休めることなくゴオンゴオンと演奏しながら、片方の手で後ろに置いてあった一本のバチを私に手渡す。思ったよりもはるかに重い。さらに私の手を取って、リズムに合わせて動かして私に打てという。どうして私を呼んだのかはわからないが、面白くなった私が思い切ってジュゴグを叩く。音の海の中に体が溶ける。バリ人は音調が変わるところで私の手を取り、自分のバチと一緒に振り下ろす。その力の強いこと強いこと。夢中になってしばらく一緒に叩いた。

そういえば昼間も、カフェの前で小さな竹琴を演奏しながら迎え入れてくれたシジャさんが、なぜか私に手招きをして横に坐らせてくれた。二本のバチの一本を手渡された私は、シジャさんと一緒に彼の音を追いながら竹琴を奏でた。言葉は通じないのに、それでも心のどこかで話し合っていたような気がする、というより、確かに話し合ったという感触が今でもどこかに残っている。美しい島の美しい人たち。

風に記憶があるとしたら、ウブドの風は

私が奏でた拙い音を、もしかしたら覚えてくれているかもしれない。

ムージャンのピカソ

プラド美術館の近くのホテルパラスのロビーでロベルト・オテロと待ち合わせた。大きくてカラフルなステンドグラスのドーム天井が美しい、マドリッドで最も気に入っている場所の一つ。ゆったりとしたソファに坐って、時折ドームを見上げながらここで、煎ったアーモンドをつまみにビールを飲むのは気持ちがいい。大きくてカリッとした見事なアーモンド。

すぐにロベルトがいつものように、ブルーのシンプルで全く飾り気のないマリーン帽子をかぶり、使い古したペルーかどこかのくすんだ色の編みバッグにカメラを入れて肩に掛け、オーラと言いながら笑顔でやってくる。年上の兄弟のようなロベルト。いろいろと風変わりな体験を山ほどしてきたロベルトとしばらく話をした後、ドーニャEのガレリアに向かう。

途中にある芸術家協会の前を通ると、二階の壁一面に、ロベルトの一枚の写真から描き起こした巨大な看板が掲げてある。ピカソと親しかったロベルトが撮りためたピカソの写真を展示した大規模な展覧会。題して、ピカソの思い出。そのアナウンスなのだけれども、それにしても看板が大きい、まるで大作映画のロードショーのよう。

珍しく白いジャケットを着て蝶ネクタイをしたピカソが、人差し指を上に向けた右腕を上にかざしている。どうしてあんな格好をしているの？　と聞けば、それは後でちゃんと説明するからとロベルトが言い、展覧会は後回しにしてまずはドーニャEに会いに行く。

彼女のガレリアは、公共の美術館を除けばマドリッドでも最も大きなガレリアの一つで、四階建てのビルの一、二回が展示室で、三階が事務室と倉庫、四階には特別の顧客に作品を見せるための部屋と、まるで美術館のような作品収納機がある。展示室では近代の有名な作家の小品展が開催されていて、ピカソの可愛い彫刻やジャコメティの小さな歩く人、などが展示されていた。

ドーニャEのガレリアでは、日本なら入場料を取ってみせるような洒落た展覧会がしょっちゅう開かれている。若い人たちがたくさんいる。アートシーンを豊かにするには、一流の作家の一流の作品と若い頃から触れ合うことが大切。マドリッドにはもちろん、プラド美術館やレイナ・ソフィア・アートセンターなど多くの美術館があり、マドリッドは優れた絵画に親しむに最良の場所の一つだけれども、このガレリアのように、近代アートの興隆を支えてきた作家や、リアルタイムで活躍している明日を担う作家たちの作品に接する機会を積極的につくることも、画商にとって最も大切な仕事の一つ、というのがドーニャEの持論。だから彼女が興味深い視点で構成した展覧会が、しょっちゅう行われている。

もちろんエントランスフリーで、赤丸をつけたり価格表を置いたりしているわけでもないので、観にきている若い人たちには、もしその一つが気に入って、さらにもしもお金があれば買えなくはない、というようなことは想像の外。第一、ここにふらりとやってきて作品を買うというような客はまあ滅多にいない。並んでいるのはそんなレベルの作品ではない。

ドーニャEのガレリアの経営は彼女のとんでもない顧客たちによって成り立っている。ちなみに彼女はピカソやミロの最良の作品を扱える画商としてヨーロッパではよく知られている。実はミュージアムレベル、ピカソやミロなどの美術史的に評価の高い画家の作品というのは、ルーブル協定という取り決めがあって誰でも商品として簡単に扱えるわけではない。

たとえばスペインであれフランスであれ、ヨーロッパにあるピカソ作品はことごとく登録されていて、その一つを国外に持ち出す、つまり他の国の人に売るためには、どこからか、それに相当するレベルの作品を自分で、あるいはネットワークの中から調達して補充、すなわちトータルとして国内にある作品の数が減らないようにしなくてはいけない。そんな芸当、あるいは力技ができる画商は極めて限られている。

ドーニャEのガレリアの展覧会では、公開する前にもちろん顧客たちを招待してのプライベートなパーティが開かれる。その場で作品の取引がされる場合もあるけれど、でもそういうことはあまりなくて、大体はそういうこととは関係なく、親しい顧客から電話での要望があれば、彼女がそれにふさわしい作品を見繕って、四階のゆったりとした落ち着いた部屋で、世間話などをしながら誰に気兼ねすることもなく作品を見ながらの話を通してなされる。

ドーニャEの四階の作品ストックは驚くべきもので、絵が額ごと吊れるようになっている鉄の棒を組み合わせた大きな長四角の枠の中に、教科書に出てくるような画家の大作の数々がびっしりと収まっている。絵を吊るワイヤーの上部の金具には滑車がついていて自由に動かすことができるし、見たい絵があれば手前に引き出して絵を外して台に置くことができる。

そうして見繕った絵を顧客の前に並べて、多少それにまつわる話などをする。顧客のほうも目的の作家に関しては大抵のことは知っているので、ドーニャEは絵のことをくどくど説明したりはしない。価格に関しても、顧客が価格を聞くのはもう、ほとんど買うことを決めた時で、ドーニャEがサラッと答えて、気に入った？　と聞き、イエスといえばそれで取引成立。そうしてまたアートの話や友達の話などをして、顧客はまるでちょっとの間、友達の家の居間に遊びに来た人のように帰っていく。何億、何十億の絵の居場所が、そうしてあっという間に変わる。

レセプションにいたドーニャEの娘がロベルトに、ママは四階よというので、ロベルトと二人でエレベータで四階に上がる。エレベータのドアが開くと笑顔のドーニャEが両手を広げて待っていて、まずはロベルトにキスをして、次に私にキスをする。それから私が肩にかけていたカバンに目をやると、カバンをさっと手に取り私の肩から外していつものように、詩人は荷物を持って道を歩いたりしてはいけません、と言いながらバックを勝手に自分のデスクの方に置き、そんなことは私が許しません、などとしかめっ面をしてみせる。

それから、とてもいいミロの絵があるのよ、と言って見せてくれた大きなミロの絵、ロベルトが制作年をピタリと当てる。確かに力強くてポエティックなミロらしい絵。セニョールゴメスはお元気？　とドーニャEが私に尋ねる。ロベルトの展覧会を観たらバルセロナに行って会うことになっているけど、多分お元気だと思うよ、と答えれば、ドーニャEが、あんな素敵なジェントルマンはいないと言う。それからロベルトの展覧会の話や、バルセロナで連日新聞を賑わせているタピエスの、巨大な破れた靴下の彫刻の話などをした後、ドーニャEと別れて、ロベルトの写真展の会場に向かった。

芸術家協会の素晴らしい展覧会場の全フロアーを用いての、ロベルト・オテロの写真展はすでに二ヶ月開かれていて、評判がいいので、さらに一ヶ月、会期を延長したらしい、お前が来るというからそうしたんだとロベルトは言っていたけれども、マドリッドの文化芸術のセンターでの展覧会の会期が延長されるのは極めて異例。

確かに会場にはたくさんの人がいて、テーマごとに展示された一連のドキュメンタリー仕立ての写真と、その下のロベルトのコメントを熱心に読んでいる。私などは、展覧会ではほとんど作品だけを、わりと短時間で観るのだけれども、ヨーロッパ人はとても丁寧に作品の説明を読む。アーティストや作品に対してだけではなく、文字で書き記されたことに対する尊敬や信頼のようなものが一般にとても強いように感じる。

それはもしかしたら旧約聖書が、光よあれ、という神の言葉によって全てが始まったと記されていて、聖書全体が神の言葉を記したものとされていることと、どこかで深く関係しているような気がする。文字で書き表された契約や、憲法もそうだ。たぶん、文字で書き記されていることは大切なのだという感覚が深く根付いているのだろう。だからヨーロッパでは本も特別な、単なる物を超えた何かだと思われている。

ロベルトの写真と共に並べられているテキストのパネルも、写真の場面と一体の、そこになくてはならないものとして、わざわざロベルト・オテロが書き記したもの、ということで、誰もが熱心に見ている。

会場に入るとロベルトは、一般の客と同じように最初から丹念に、テキストにさらに付け加える形で一つひとつ私に説明する。だから一点の写真を見終わるのにずいぶん時間がかかる。時には二、三点わざわざ前に戻って説明してくれる。ありがたいような、でもちょっと根気も必要な、まあ人から見れば、展覧会の写真家本人の説明付きなのだから、考えてみればとても贅沢。気がつけばまわりでお客さんが一緒に話を聞いている。そうしてずいぶんの時間が過ぎて、いよいよ看板になっている写真が撮られるまでのいきさつを表す一連の写真のところにやってきた。

ピカソは晩年、南仏ムージャンの巨大な館で、妻のジャクリーンに護られ、ピカソにしては例外的に静かで平穏な環境の中で制作に専念していた。館には天井の高い大きな部屋がいくつもあり、ピカソは毎日のように大きなサイズの油絵を描き、描いた絵で部屋がいっぱいになると、空っぽの部屋に移動して、そこで絵を描くという日々を送っていた。つまりいくつもの部屋が作品の倉庫。

だからその館はピカソの住居ではあるけれども、それよりなによりピカソが絵を制作する場所だった。ある日ふと思い立ってジャクリーンが、一点の小ぶりのピカソの絵を自分の部屋に飾ろうとした時、ピカソはそんなプチブルの奥さんみたいなことはするな、ここは絵を生産するファクトリーなんだからと怒ったらしい。そんなわけでジャクリーンの寝室の壁には、ピカソのオリジナルではなく、ピカソの絵のポストカードがたくさんピンで留めてあるのだった。

そんな館をしばしば訪れて格好の話し相手になっていたロベルトに、ある朝ピカソが一通の電報を手にして嬉しそうにやってきて電報を見せた。差出人はエドワード・スタイケン。友人たちと近くに来ているので出来れば会いたいと記されていた。

スタイケンが誰か知ってる？
もちろん、写真家のスタイケンでしょう。

スタイケンは若い頃は絵も描いたけれども写真家として特に有名で、ニューヨーク近代美術館の写真部門のディレクターを務めて優れた写真展を催したり、収蔵作品の充実に尽くして写真の芸術的、社会的地位を高めることに貢献した人物なのでそう答えたロベルトにピカソは、違うね、俺にとってはアメリカで俺の展覧会を最初にやってくれた親友だ、ほとんど無名の頃にね。ただ作品は一枚も売れなかったけど、と言った。どうやらそのスタイケンが、その日の午前中にやって来るらしい。

それからしばらくしてスタイケンはピカソの古くからの友人二人と一緒にやってきた。そのほかに若い妻を連れた小太りの見知らぬ男がいて、どうやらウランの鉱山をたくさん所有している大金持ちとのこと。

久しぶりに会ったピカソとスタイケンは感極まって、ヒッシと抱き合った後、互いに黙って見つめ合ったまま動かない。しばらくして興奮冷めやらぬピカソが、ロベルトにスペイン語で、この人が誰か知ってるか？　と朝と同じことを聞くので、知ってますよ、あなたのアメリカでの最初の展覧会を開いてくれた人ですよね、でも一点も売れなかったんですよね、と応えると、ピカソが今度は、違う、偉大な写真家だ、近代写真の生みの親だ、と言う始末。

あまり英語が得意ではないピカソは興奮するとスペイン語で話す。でもスタイケンがほんの少しスペイン語がわかる程度で、後の連中はスペイン語がわからない。かまわずピカソがスペイン語でまくし立てるので、仕方なくロベルトが通訳に割って入った。するとスタイケンが英語で、パブロ違うよ、確かに君の最初の展覧会をやったのは私だけれど、でもあの時、三点売れたんだよ、まったく売れなかったわけじゃないんだよと言う。ロベルトがピカソにそう言うと、そうだそうだった、三点売れたんだった。でも要するに、ちょっとしか売れなかった、とピカソ。

そんなことはどうだってよくて、とにかくスタイケンと一緒にいることが嬉しくてたまらないピカソを落ち着かせるために、ロベルトが話題を変えて、敢えて英語で来訪者たちと話していると、次第にピカソも落ち着いてきたので、この人は彫刻のコレクターみたいだよ、とロベルトがピカソに言うと、すかさず大金持ちが、私はあなたの彫刻作品の世界一のコレクターですと言った。

ピカソはちょっと不審な表情を一瞬見せたが、スタイケンの手前、それではということで彫刻が置いてある部屋にみんなを案内しようと言って歩き出した。ロベルトは急いで二人の旧友の再会の場面を写真に収めるためにカメラを取りに行き、戻ってくるとジャクリーンから、悪いけどちょっと先に行って部屋の電気をつけておいてくれる、と言われたので先に部屋に行って待っていた。

すぐにみんなが彫刻の部屋に入ってきたが、入ってきた途端、大金持ちのウラン王が部屋を見渡して目を見開いて呆然となって固まってしまった。そこには大小のピカソの彫刻が所狭しと置いてあったからだ。おまけにミケランジェロの本物まである。しばし大金持ちはただただ突っ立っていたが、やがて、おそらくはジャクリーンをモデルにした女性の頭部のブロンズ像を目にした途端、とんでもないことを言い始めた。

私にこの作品を売ってください。

これを手に入れるためならなんでもします。

なんと不躾な言葉だろう。なんせここはピカソの住まいであり仕事場であって、作品を売り買いするような場所ではない。それにピカソはヴォラールやカーンワイラーなどの、初期の頃からピカソの才能を評価した偉大な画商やガートルート・スタインのような目利きのコレクターや仲間たちと共に生きてきた。

ヨーロッパでは優れた画家のまわりには必ず優れた画商や、画家の才能とその作品の良さと理由を言葉で表現する詩人や批評家などがいる。ピカソだって誰だって最初は無名であって、その良さを発見し評価し後押しする人々がいなければ世に出られない。印象派であれキュビズムであれなんであれ、どんなアートムーヴメントも最初から認められていたわけでは決してない。必ず最初は既存の美意識や権威やマーケットや既成概念の持ち主たちによって否定される。

けれど、才能ある画家が切り拓こうとする美の地平に可能性を見出す人だって少しはいる、というより幸いにもそういう人々と出会えたアーティストだけが生き残る。つまりそこには新たな美を巡る熾烈な闘いがある。しかも最初は多勢に無勢の孤軍奮闘の闘いが続く。つまり彼らは美の最前線を共に闘い抜いてきた同志に他ならない。ピカソにだって無一文の時代があった。

ウラン王の言葉を聞いて、たちまちピカソは不機嫌な表情になったが、そこはビジネスではおそらく百戦錬磨のウラン王、すぐにそれを察して、なぜか急いで白い上着を脱ぐと、有無を言わさずそれを戸惑うピカソに無理やり着せ、畳み掛けるように、上着のポケットに入っていた財布をピカソに手渡し、自分がつけていた蝶ネクタイを解いて素早くピカソの襟元に結び、私が持っているものをみんなあげます、財布の中の現金はもちろん、カードもみんななあなたのものです。ですからあの彫刻を私に……

そこでピカソがすかさず、そこの美しいあなたの若い奥さんもまとめて？　といえば、もちろんです、どうぞどうぞとウラン王。ピカソもそれに対して仕方なく、交渉成立、と思わず笑い出しながら冗談で応じたが、その後すぐに、右手の人差し指をピンと上に向けて立て、右手を肩の高さまで上げると、大きな声でこう言った。

ピカソの作品の

世界一のコレクターは、俺だ。

ロベルト・オテロの写真展の看板になっている写真は、その時の写真だった。その時の様子を写した一連の写真の説明を終えたロベルトは、私にほかの写真の説明をしながら、ピカソから聞いた、彼がまだ若くて無名だった頃の話をしてくれた。

今では絵画史に有名な、洗濯船にピカソが住み始めてすぐの頃、一人のお金持ちがピカソのことを誰かに聞いて、部屋に作品を買いにやってきた。椅子に坐ったその人に、ピカソは部屋に置いてあった絵を一点一点見せた。お金持ちは無表情で、何の反応もせずに黙って椅子に坐ったままだったが、ピカソが作品を見せ終わると、椅子に坐ったままで手を伸ばし、無造作に一点の作品を手に取って、そして紙幣を何枚か床の上にばらまいて立ち上がった。

ピカソ以降、ミロやダリなどが登場して果敢にアートシーンを牽引したため、スペイン人画家たちはやがて最大級に重要になっていったけれども、フランス人の画家が主流だったその頃のパリで、ほとんどスペイン語しか話せないスペインの田舎からやってきたピカソを、お金持ちはおそらく蔑視していたのだろう。

で、そのお金はどうしたの、と言ったロベルトへのピカソの返事はこうだった。

もちろんその場で拾ったよ。
だって、そのお金がなければ
明日描く絵の具さえなかったんだから……
だけど、その時の屈辱を
俺は一生、決して忘れることはない。

バルセロナで最も美味しいレストラン

バルセロナの高台の、遠くに海を望む静かな高級住宅街、サリア地区の美しい並木通りをゴメスさんの家に向かって歩く。何度この路を歩いただろう。同じ地区にある没落貴族のサルバドールの家からここに向かったこともあれば、バルセロナのカテドラルの正面の古くからあるホテルから向かったこともある。イビサ島から直接この路に向かったこともある。

サルバドールのところは気遣いが全くいらなくて気楽で良かったけれども、まわりに面白い場所が特にないので、だんだん古いホテルから通う方が多くなった。なにしろ最上階のテラスのある部屋からは美しいカテドラルが正面に見える。画家のミロがバルセロナにやってきたときには、その部屋に必ず泊まるというのはゴメスさんに教えてもらったこと。

特別豪華でも何でもなくて、ちょっと明るい安っぽい壁紙の、バネの緩んだダブルベットが置いてあるだけの部屋。トイレとバスが一緒になっているバスルームも、バスタブが小さくて、トイレとは薄っぺらいカーテンで仕切られているだけなので、うっかりすると水がかかってしまう、雑といえば雑なつくりの、でもさっぱりとした小ぎれいな部屋。そんなことより朝でも夜でも、いつでもカテドラルがドーンと正面にある。

テラスから見下ろせばカテドラルの前の広場。日曜日には、バルセロナっ子なら誰もがなぜか大好きな、サルダーナという、みんなで手を繋いで大きな輪になって音楽に合わせて踊るフォークダンスのような踊りの大小の輪がいくつも見える。あまり激しくも何ともないゆったりとした踊りだけれども、それでも踊るにはカバンや上着が邪魔になるので、踊りに加わる人たちは、そういうものをみんな踊りの輪の中心の地面に重ねて置く。音楽もゆっくりしたテンポで何だか、とてものどか。

広場ではたしか木曜日にアンティックバザールが開かれ、バルセロナのあちらこちらから、アンティック屋さんがテントを張って店を出す。高価なものもあるけれど、どうしようもないガラクタのようなものもたくさんある。ゴシック街の中心のその広場から、石畳みの古い路が何本もいろんな方向に伸びている。

カテドラルの右側の路は、ローマ時代からあるバルセロナで最も古くからある路。その路を少し行ったところの左側にある大きな扉の中の小さな扉を開けてくぐれば、カテドラルに付随した噴水のある緑が美しい中庭に出る。バルセロナの大好きな場所の一つ。

　空からの光と、庭を取り巻く石の回廊と、何本かの大きなナツメヤシの木と、バルセロナの守護神サンジョルジュが、悪い龍レビアタンを槍で突き刺している小さな彫刻のある噴水の水が、静かな緑の庭に動きを、あるいは、命という言葉につながる息吹のような清冽な気配を与える。

　カテドラルの前の広場から右に行けば、今はもうほとんどなくなってしまったけれど、高級なアンティック屋や貴重な古書を扱う本屋が何軒かあった。靴を手作りする職人の工房もあったし、もう何代もここで仕事をし続けてきたのだろうなと思わせる古い店などもあった。けれど、今ではもうほとんど観光客相手の土産屋になってしまった。つまらない。ゴシックの時代からある石造りの通りには似合わない。

　この路も数え切れないくらい歩いた。十九世紀の版画家のギュスターヴ・ドレの版画を初めて見たのは、この路のアンティック屋のウインドウだった。絵の画題（テーマ）は、イエスが荒れ野でサターンに試される場面で、もしお前が神の子だというなら、この石をパンに変えてみろ、もしお前が俺を崇拝するならこの地上の全てをお前に与えよう、さらには、この崖の上から飛び降りてみろ、もしお前が本当に神の子なら、落ちて死ぬ前に天使がお前を助けるだろうと無理難題を持ちかける、という新約聖書の有名な場面。

この重要なシーンをドレは、イエスを少し戸惑っているような表情をした人間として描いていて、そこには神々しさや、その一瞬後に、主を試すなとサターンを叱りつけるイエスの力強さはない。対してサターンの表情は明るく、背中に翼を生やした体も、まるでアスリートのように力強くスマート。この描き方の特異さに、私は思わず見入ってしまった。

なにしろ普通なら醜く描かれて当然の忌むべきサターンの方がイエスより、どちらかといえばハンサムに描かれている。絵の全体のトーンも、通常であればこの場面に対して付与すべき苦悩など微塵も漂ってはおらず、明らかにサターンの快活さの方が目立っている。つまりドレはこの場面を意識的にそのように描いた。

しかし、そこから三分も歩けば、無数のロウソクの炎が揺れる荘厳なカテドラルがあり、そこには十字架に架けられたイエスの生々しい像もある。それに向かってひざまづいてお祈りを捧げている人々の姿も見える。つまりこの絵の作者は明らかに、慣習に従った意味づけや権威を平然と無視している。そこにはどこか目の覚めるような斬新さ、あるいは果断さがあった。その時私は初めてドレという表現者の存在を知った。そのうち、せっせとドレの作品を蒐集している自分がいた。

だから、この路にあった古地図や古書を扱う本屋の主人とはすぐに顔なじみになった。基本的にはイビサに住んでいたけれども、ドレに関する掘り出し物が入ると、主人たちはすぐに私に電話をして取り置きしてくれるようになった。そんなある日、ある人のプライベートな図書館が蔵書を整理して、状態の良いドレの版画本が何冊か入ったという電話があり、早速バルセロナに向かった私はラッキーにもそれを手に入れた。後になってわかったことだが、それはゴメスさんが手放したものだった。

バルセロナにはトレストレスという名前の駅がある。それはバルセロナの高台にあった三つの塔という意味で、その三つの塔の一つと、それと共にあった館はかつてゴメスさんのファミリーの持ち物で、そこにあった蔵書などを整理する際に、大きくて重いドレの本はかさばるからということで何冊か手放し、それがどうやら回りまわって私の手元に来たということだった。

ドレが活躍した頃は、バルセロナは大変な好景気で、都市を大拡張して、それがガウディなどの天才建築家や画家などの芸術家たちを生み出すモデルニスモという一大文化ムーヴメントとなった。そんなバルセロナはパリやロンドンと並んで、ドレの版画を用いた豪華版画本を、主にモンタネー・イ・シモンという版元が盛んに出版していて、そんなわけで運が良ければドレの逸品をたまにバルセロナで見つけることができた。でも、それももう遠い昔のこと。

ゴメスさんとは、イビサのギャラリーで知り合った。それはニューヨークにもギャラリーを持つ彼の友人が趣味的に開けていたもので、ある写真展で作品を見ていた時に、同じ作品を見るためにたまたま横に立ち止まったのが背の高い紳士、ゴメスさんだった。何がきっかけだったかはもう忘れてしまったけれど、私と紳士は作品を見ながらしばらく話をした。そして紳士はギャラリーを出る時、もしバルセロナに来ることがあったら、ぜひ我が家に立ち寄りなさいと言って一枚の名刺を私に渡した。どうしてそんなことをしたのかはわからない。それがゴメスさんとの出会いだった。その時には彼がどんな人なのかなど、全く知らなかった。

それから一年ほど経って、用事でバルセロナに行った時に彼の家を訪ねてみた。一九〇二年生まれで私より遥かに年上の彼は、よく来てくれたねと、若造の私をまるで昔からの友人であるかのように家に迎え入れてくれた。高級マンションの最上階のフロアーの全てを占める彼の家は、クラシックモダンという言葉がぴったりの、落ち着きの中にもスマートさが感じられる実に趣味の良い素敵な家だった。驚いたのは、あまりにも自然に飾られているのでそれほど目立つわけではないけれど、よく見れば、いたるところに絵や彫刻がある。多くは年代を感じさせるもので、まるで博物館の一室に迷い込んだかのよう。

かと思えば、天井からは明るい色のカルダーのモビール彫刻が吊るしてある。一つひとつ来歴を尋ねたりなどすればきっと何日もかかる。そんなわけで、それらはもうそこに昔からあるものと勝手に納得することにしたけれど、どうしてもふと目についてしまうものがある。

するとゴメスさんが、私の視線の先にある、見たこともない不思議な色合いの美しい額画のことを、これはクロモスを妻がコラージュしたものなんだよとか、説明をしてくれる。クロモスってなんですかと言えば、ちょっとこちらに来なさいと別の部屋に案内され、切手のコレクションに用いるような大きなアルバムにきちんと納められた小さくて綺麗なクロモスを見せてくれた。

どうやらそれは、十九世紀の終わり頃にヨーロッパで大流行した、多色刷り石版画の技術を応用したクローム版画による、一種の趣味のシールで、一時大流行して素晴らしいクオリティのものがつくられるようになったのだけれども、ブームが過ぎると、あっという間に消え失せてしまった小さなアート。そのクロモスを彼は大量にコレクションしているらしい。

そのうち、美しい色合いの女性の写真が四枚額に入れてあるのが目についた。すると、これは十九世紀から第一次世界大戦の頃まで大流行した白黒写真のポストカードに手彩色を施したものなんだよと説明してくれた。ゴメスさんの話し方はゆっくりしていて上品で、対象を見つめる目も優しく言葉も丁寧で、彼がそれらを深く愛していることが強く伝わってきた。

あなたは美しいものが好きなんですね。

そうだね、美しいものはなんでもね。

そう言うと彼は次から次に、見たこともないものを見せてくれた。中には覗くと写真が立体的に見える望遠鏡のような形をした覗きメガネなどもあって、見ると、下着を着た女性がこちらを見て笑っている。すかさずゴメスさんが、カシャリとメガネの写真をスライドすると、今度はその女性が下着を脱ぎ始めている立体写真が見える。思わずゴメスさんの顔を見ると、まるでいたずらっ子のような目をしてニッコリ笑っている。面白いでしょう、いろんなものがあるんだよ。だから私はここを紙の博物館と呼んでいるんだよ。

そんな風にしているうちにあっという間に時間が過ぎて、向こうの方からゴメス夫人のオデットが、さあさあ子どもたち、もうお食事の時間ですよ、と笑みをたたえてやってきて、食事のコーナーに案内されて驚いた。私が坐る席の後ろの壁一面をミロの絵が占めていた。

これはミロですよね。

そうです、私の誕生日にミロがプレゼントしてくれた絵です。

一瞬何が何だか分からなくなったけれど、不思議な驚きが続いていたので感覚がもうすっかり麻痺していて、それもまた、その場所に当たり前のようにしてあるものなんだと思えてきた。見れば食事コーナーの別の壁には、二点の油絵がかけられていて、どうやらそれはミロが有名になる前の作品。その頃ミロはお金がなくて、パン屋に行って自分の絵とパンとを交換してきたというのを聞いて、その頃から親しかったゴメスさんが、慌ててパン屋から買い戻したものらしい。

そんな貴重な、ミロがミロになる前の絵の隣には、モデルニスモの時代の素敵な飾り棚に、クロモスが流行った時代の、実に手の込んだ起こし絵が所狭しと並べられていて、その一つを手に取り、平たく折りたたまれた紙を注意深くそっと起こして、可愛い女の子が乗った豪華な馬車にして見せてくれたゴメスさんの手つきと表情が実に楽しそう。

確かにその家には、彼の目に美しいと映ったものがジャンルや時代を超えて、美術的位置付けの上下や価値の大小の区別などなく、それぞれがなくてはならないものとして、その存在をささやかに、でもしっかりと主張していた。それは、後に知ることになるゴメスさんの美意識と生き方そのものの表れだった。何しろ彼は権威や権力が大嫌いだった。

御馳走になったランチは本当に美味しかった。フランス生まれのオデットは料理が上手で、実に上品でさっぱりとしていて、それでいて深みのある料理をいつも陽気に嬉しそうに振舞ってくれた。歳をとっていたので全部を自分が作ることはせず、彼女の指示で料理人の女性が教えられたとおりに作ってそれをサービスしてくれた。この子も本当に上手になったと、もう結構な歳の料理人のことをオデットが褒めていた。何度その場所で食事をしただろう。いつも美味しく、ちゃんと季節に合った料理が出て、私はその場所を、バルセロナで最も美味しいレストランと呼んでいた。

そんなゴメスさんが社会的にどんな人なのかを詳しく知ったのは、日本に帰ってきて彼の紙の博物館のコレクションに解説をつけて四冊の本にして出版した際に、編集者から言われて経歴を取り寄せた時だった。もちろん話の中でいろんなことを聞いて、ほとんどのことは知っていたつもりだったけれど、でもそれは、見れば見るほどとんでもない経歴だった。

若い頃から、バルセロナの芸術運動のほとんど全てにリーダー的な立場で関与していて、ミロ・ファウンデーション、通称ミロ美術館の初代館長はもとより、いろんな芸術家グループを組織して、いつもその初代会長を務め、そしてすぐにその地位を後輩に譲っていた。そんな芸術家たちのグループは、カルダーやタピエスやチリダなどの世界的なアーティストを輩出した。

ガウディ友の会を創ってガウディの再発見に寄与したり、ガウディの家具がまとめてオークションで売りに出された時には私財をはたいてそれを買い、しかも今はグエル公園の中の展示室にあるそれらを、かさばるからという理由で友の会に寄付してしまった。

自身も有名な写真家で、スペインの近代写真の草分けと評価されていた。ユネスコで子どもの絵のスライドショーをしたこともある。長年の芸術や文化に対する働きに対して、スペインのソフィア王妃芸術文化功労賞の第一回受賞者に選ばれもした。

中でも情熱を傾けたのは、バルセロナを見渡すモンジュイックの丘に、ミロとジョアン・プラッツと共にミロ・ファウンデーションを創ったことで、この経緯はゴメスさんから何度も聞いた。ミロは大量の作品を寄贈したし、建築は二人の盟友の建築家、ジョゼップ・ルイス・セルトが設計した。一九三七年パリ万博のスペイン共和国政府館を設計し、ピカソとミロに巨大な壁画を依頼した建築家だ。ピカソのゲルニカは残ったけれども、ミロの刈り入れ人は行方不明になった。

ミロとゴメスさんはその大きな美術館を、若い人たちが美を学び探求する場所、そしてその成果を自由に分かち合い交換し合う、絵のフリーマーケットのような場所にしようとしていた。正式名が、ジョアン・ミロ・ファウンデーション・アート研究センター、なのはそのためだ。

もちろんそのあまりにも過激なヴィジョンとコンセプトのすべてが実現することはなかっ

たけれど、でも、光溢れる美しい美術館では今でも常に先進的な展覧会が開かれているし、ミロが生きていた頃に催された美術コンクールでは、最も優れた作品には、副賞としてミロの版画が授与されていた。

そんなこと、あれやこれやをゴメスさんはいつも話してくれた。博物館のような家の居間の一角に、美しい版画集や写真集が、その歴史を一望するようなクオリティのものが収められた特注のモデルニスモスタイルの本棚があり、そこには彼のデスクと、少しうたた寝をしたりするための大きな椅子が置いてあり、そこが彼のいわば書斎だった。

ほかにも家の中には、それほど大きくはないけれど、こざっぱりした仕事部屋があり、そこには彼のコレクションを撮ったポジフィルムが、綺麗に整頓されて壁一面に保管されていた。二つの作業机が向かい合って置いてあり。ゴメスさんは窓際に、私はフィルムを背にした机にいつも坐った。膨大なフィルムの中から気に入ったものを自由に選ぶためだった。ゴメスさんの背後の壁にはたくさんの彼の写真作品が飾られていた。この部屋の天井からもカルダーのモビールが吊り下げられていた。

壁の写真は、スペインの近代写真の歴史を説明するときには必ず登場する、雲を背景にしたシンプルな椅子の写真や、ミロの写真やファミリーの写真。彼が絶讃する白い壁に雨だれが描いた、彼が言うには最高の抽象絵画や、イビサの面白い格好をしたヒッピーや、ヌーディストビーチの美しい娘などなど、彼の目に美と映った対象を写した写真が、所狭しと飾られていた。

どれだけの時間を写真を選びながら、ゴメスさんと向かい合ってそこで過ごしただろう。だいたい午前中に訪れて昼食を食べて夕方までいた。そのような作業はゴメスさんの一言から始まった。

ある日、ここにあるコレクションを写した写真の中で、君はどれが好きかと聞かれて、半日かかってざっと目を通し、面白そうなテーマを四つほど選んでそれを見せた。するとゴメスさんが、私と同じ意見だねと言い、いつものように穏やかな笑みを見せ、それからいたずらっ子のような目配せをした。

そのテーマで本を創ってみたらどうかな？

そんなことは思ってもいなかったけれど、そう言われた途端に、なぜかイメージが湧き上がってきた。それでフィルムを選び始めた。そのために何度も訪れたゴメスさんの家、そして仕事部屋。その時は自分が気に入ったテーマに沿ってフィルムを選んでいただけで、具体的に日本でどこの出版社の誰とどうやって本にするかというようなことは考えていなかった、というより、そんなことができる出版社も編集者も知らなかった。なにしろずっとスペインの、しかもイビサ島で暮らしてきたのだから……

要するに、彼の家でそうやって静かに写真を選ぶ時間が、そして食事をし、お茶の時間に一息入れながらいろんな話をするのが楽しかった。しかもゴメスさんは少なくとも一時間に一度は必ず、何かを思いついて私に声をかけ、あるいは、そうだまだ見せていなかったものがあったと言って、紙でつくられた面白い細工物や貴重な写真などを見せてくれ、いろんな話をしてくれた。確かに紙の博物館には珍しいものが無尽蔵にあった。けれどそれより何より、そこでの穏やかで豊かな時が楽しく私の心身に沁みた。それはまさしく生きた美術史との触れ合いだった。

それからしばらくして私がイビサから日本に帰ることになった。その報告のためにゴメスさんの家を訪れた時、いつもと同じように穏やかな笑顔を浮かべながら彼は、ではそこに選んである写真を日本に持って行きなさいと、架空の本のマテリアルとして私がテーマごとに選んだ写真を集めたボックスを指して言った。結果として本ができてもできなくてもそれはいいから、それはみんな持って行きなさい。

フィルムは全部で千点近くあるはずだった。念のために点数を正確に数えて、一枚の紙に○○○点の写真をお預かりしますと記し、日付を入れサインをしようとした時、ゴメスさんが珍しく毅然とした真面目な表情で言った。

私とあなたとのことなのだから
サインなど決してしてしてはいけません。

長い付き合いの中で、私は彼のそんな表情をほとんど見たことがなかった。イギリスの教育を受けたジェントルマンのゴメスさんは、いつも静かに微笑みながらユーモアを交えて話した。けれど、彼の毅然とした真面目な表情をもう一度だけ見たことがある。それは彼との話の途中で、私が昔は美しいものがたくさんありましたね、と言ったときだった。そのとき私の頭のなかのどこかに、彼が私よりもはるかに年上の、昔を懐かしんで当然の老人だということがあったように思う。それに対して彼が毅然とした真面目な表情で言った。

そんなことはない。
美しいものはいつの時代にだってある、たくさんある。
例えば君が以前くれた日本のお菓子の包み紙。
あの紙を私は皺を伸ばして大切に保管している。
あんな美しい紙は昔はなかった。
美しいものはどこにだっていつだってある、今だってある。
大切なのは美を見つけ出す心だ。

日本へ戻ってからも私はバルセロナを訪れるたびに、ゴメスさんの家を訪れた。幸い日本に帰ってすぐに、携えたフィルムで構成して解説をつけた四冊の本を出版することもできた。それはゴメスコレクション・百年前のヨーロッパと名付けられた。
そしてそれから何年かしたある日、日本に住んでいた私にスペインから電話がかかってきた。ゴメスさんの息子のジョアンからだった。彼からゴメスさんが亡くなったことを知らされた。

電話の後、呆然とした私は無意識のうちに台所の生米を片手で掬うと、それをゆっくり庭に撒いた。どうしてそんなことをしたのかは分からない。ただ、遠く離れてはいても、空はバルセロナとつながっている。だから、庭に撒いたこの米を、鳥が啄み、そして空に向かって飛び立ってくれたら、少しでも、何かがどこかに届くような気がしたのかもしれない。


ゴメスさんが亡くなって半年ほどが過ぎた時、私は何度もなんども通った路を歩いて彼の家に向かい、エントランスのインターフォンを押した。そんな時いつもはオデットの、さあ入ってはいって、と言う明るい声がした。けれどそのときはお手伝いのおばさんの小さな低い声が返ってきた。エレベータで上がったところの扉を開けてくれたのもその人だった。

いつもはドアが開くと、そこに必ずゴメスさんが待っていて、私が上着を脱ぐのを手伝ってくれた。そのとき決まって、さあアメリカの服を脱ぎなさい、と言った。私がよく皮のブルゾンを着ていたからだけれども、ジャケットを着ていてもなぜかいつもそう言った。そしてステンドグラスをはめ込んだ扉を開けると、しばらく灯りが点くクローゼットに上着を仕舞い、それから居間に導き入れながら必ず、何を飲みます？　ビールですかコカコーラですか、それともジントニックですか？　と言い、それに対して私はいつもそれでは水を、と答えた。

でもそんな親愛に満ちた儀式を自然にしてくれたゴメスさんはそこにはもういなかった。案内された居間のソファにポツンとオデットが坐っていた。よく来てくれたねと彼女が言い、そんな彼女の前に黙って坐った。ふと食事コーナーの方に目をやると、いつもそこに必ずあった大きなミロの絵が無かった。白い壁だけがあった。

ゴメスさんが亡くなる前にその絵を売ったのだった。縦が二・五メートル、横幅が五メートルもあったその名作の、たった一点だけのオークションがサザビーズで特別に行われたということは、マドリッドのドーニャEから聞いていたけれど、いつも主と共にあった絵がいつものところに無いのは空しかった。

でもゴメスさんらしいなとも思った。すでにミロが亡くなり、自分も遠からず彼のところに行くとすれば、二人の友情の証の絵だけが家に残っても絵が寂しいだけ。そんなことより、それを売って妻や家族の未来を支える方がいいと考えたのは明らかだった。

ゴメスさんは以前よく、歳をとって何よりも哀しいのは、親しくしていた友が、一人そしてもう一人と、いなくなってしまうことだ、と言っていた。その通りだと思う。だってそのような人を失うのは自分の体の、あるいは自分を構成している世界の一部を喪うこと。困難に遭遇した時に、あるいは迷った時などに、もしくは喜びを誰かに伝えたい時に、確かな何かが返ってくる機会を失うことなのだから。人の命に限りがあることは、わかってはいるけれど……

敬愛する歳上の友人の死をスペインからの電話で知らされたのは、ゴメスさんが初めてだったけれど、それから何年かごとに、同じようなスペインからの電話を何度か受けた。そのときの相手の声がみんな、私の耳の奥に残っている。

思わず口から出た言葉

デザイナーの仕事場での打ち合わせ。あれは何の打ち合わせをしていた時だったか、それほど大きくはないけれど三面が白い壁に囲まれ、もう一面の全体がガラスで、その向こうに白い壁に囲まれた洋風の坪庭のような空間が見える清楚な勝井三雄先生の仕事場での、楕円形の白いテーブルを挟んでの、向かい合っての打ち合わせ。先生の後ろに大きなハートを象った抽象的な絵がかけられていた。

いつも先生の背後にあった、気持ちをざわつかせることがなくて、見ていると、何となく心がほっこりしてくるような、白地に淡い朱色で描かれた絵。テーブル面に顔を寄せて、印刷されてきた試し刷りをルーペで黙って覗き込む先生の姿。これまで何度こんな姿を目にしてきただろう。その姿をぼんやりと見ていた時、不意に、思いがけない言葉が私の口をついて出た。

先生、先生は永遠に生きてください。

私自身の意識を超えて、あるいは思考の回路を無視して、思わず口から出た言葉。その言葉に先生はルーペを覗き込むのをやめて一瞬こちらを見ると、何も言わずに、すぐにまたルーペを覗き込み、それから顔を上げてこちらを見て、この作品をどうするかというような話の続きを進めた。

昔から、先生という言葉が好きではない。両親が中学校の教師をしていたため、とりわけ母親が地元の中学校に長く勤めていて町民の多くが教え子だったので、生まれ故郷の小さな町では私はセンセイのとこの子という呼び名で通っていた。小学校の頃、たまに母親からお使いを頼まれて肉屋や八百屋に買い物に行けば、そのころは買い物はみんなツケといって、店の人が帳面に客の名前と品物と金額を記入して、月末にまとめて請求する仕組みになっていて、センセイのとこの子やね、と言われて通い帳に記入される。

どこに行ってもセンセイのとこの子。そういうことが心のどこかに残っていたからかもしれない。とにかく、先生という言葉が好きではなかった。だってそんな状態では悪戯だってやりづらい。中学校では同じ学校に母親がいて、ますますやりづらかった。だから学校だって、それほど好きではなかった。勉強は嫌いなわけではなかったけれど、ラジオでポップスを聴き始めてからは、勉強が手につかなくなった。ビートルズがラジオから流れてきてからは、もはや勉強どころではなくなった。

高校に行って、それがますます高じて学校そのものに興味がなくなった。毎日夜通しラジオにかじりついていたからということもあって、授業中は居眠りをするか、それでなければ窓の外を見ていた。それでも何とか大学に入ったけれど、学生運動が燃え盛っていた頃だったので、学校には学生の手でバリケードが築かれ、中にいる学生たちは先生たちを中に入れさせなかった。つまり先生たちの多くは敵だった。

社会に出れば、どこもかしこもセンセイだらけで、ますます嫌になった。なのに勝井先生のことはいつのまにか自然に先生と呼んでいる私がいた。ほかに私が先生と呼ぶ人は日本にはいない。

ちなみに社会に出てからしばらくして渡り住んだスペインでは、いつのまか四人のマエストロができた。その人たちとの会話の中では、スペイン風にファーストネームで呼び合ったけれど、ときどき会話の流れの中や別れ際に、名前にマエストロという言葉をつけて呼んだりもした。そのことにも違和感はなかった。だって彼らはいろんな面で本当に、マエストロのなかのマエストロだった。

スペインから帰ってきてすぐ、一〇〇年前のヨーロッパ、と呼ばれることになる四冊の本を創る仕事を介して勝井先生と知り合った。デザイン界の大御所で、戦後の日本のデザインシーンを牽引してきたので、社会的にはとても偉い人で、印刷所の人も出版社の人もみんな彼をセンセイと呼んでいた。だから私も先生と呼び始めた、というわけではない。

勝井先生にはスペインのマエストロたちに共通する人間的で美に対するピュアーな何かがあった。まず何よりも権力や権威に重きを置くということが皆無だった。それに関しては自分自身に対しても同じだった。大切にしていたのは、今ここからどこへ向かって何をするか、どんな面白さを見出すか、あるいは見いだせるかだった。

それに、言葉と体にズレのようなものがなかった。言葉数はそれほど多くはなかったけれど、また必ずしも具体的ではなかったけれど、なぜそのような言葉を発したかということにつながる確かさを伴っていた。そして表情や佇まいや身振りを含めた存在そのものがすでに何かを語っていた。

先生と一緒に創った最初の本が出来て、家に見本が届いたその日に、勝井先生から電話がかかってきた。

ありがとう。こんないい本を創ることに関わらせてくれて……

電話の向こうの先生がそんなことを言った。とんでもない。こんなに美しい本にしてくれたのはあなたではないか。お礼を言うのは私の方ではないか。なのに先生は、いやあ、いい本ができた、よかった、と嬉しそうな声を出して、そしてすぐに電話を切った。

それから先生といろんな仕事をやることになった。博覧会の仕事に呼ばれたこともあった。何度か一緒に会議に出て、言われるままにいろんなことを提案したけれど、それに対する代理店の反応にあまりリアリティが感じられなかった。先生が面白がってくれたプランもあったけれど、どれも会議を続けるうちになんだかいろんな問題が持ち上がってきて、いつの間にやら、もっと面白い案はないか、もっと人を呼べる案はないか、というような話になった。そのうち、なんだかくだらない案が出てきて、そちらに流れが傾きそうになったので、その仕事を降りることにした。

そこで、その案のどこがくだらないか、さらには会議の進め方などに関して、感じてきたことや思っていること、さらには博覧会の位置付けそのものについて批判的な、と言うよりかなり攻撃的な発言をした。小さい頃からいろんなことを批判的な目で見てきたし、大学では社会の構造や矛盾などに敏感に反応してきたし、ロックミュージックやカウンターカルチャーの真っ只中で過ごし、さらにスペインで日本とは全く異なる世界や人を見てきたこともあって、ついついそんなことをしてしまったのだった。
そんなことがあった会議の後、帰り道を先生と一緒に黙って歩いていた時、先生がこちらを見て微笑みながらポツリと言った。

社会のなかの醜いことを減らすには
美しいものを増やすしかないと僕は思っているんだ。
それがデザイナーやアーティストの仕事だと思うんだ。

目が覚めたような気がした。その言葉が私の心の奥底にストンと澄んだ音を立てて落ち、そのまま体のどこかに染み込んで体の一部になった。そしていつの頃からか先生と自然に呼んでいる私がいた。
あれからいろんな仕事を一緒にした。先生から電話がかかってきて始まることもあれば、こちらから電話をして始まるプロジェクトもあった。嬉しかったのは、本のデザインを頼むと、いつも二つ返事で引き受けてくれて、美しい、ハッとするような生命力溢れるブックデザインをしてくれたこと。それはデザインという次元を超えて、そうでしかない姿でこの世に出現した一つの生命体か何かのようだった。

先生は永遠に生きてください、という奇妙なお願いをしてから三年ほどが経った頃、先生の仕事場で、先生が新たに創る特装版の本の打ち合わせをした。それは様々な色が湛える光が持つ美しさを繊細なグラデーションだけで表した作品集だったけれど、そこではグラフィックデザインの一つの武器である形象を全く用いていなかった。というより、そのことをあえて封印し、光がどこまでも広がり、あるいは自然に遥か彼方へと消えていく美しさそのものを、そして、それを見た人の心がそのことによってときめくようにふるえるそのことを、つまりは美と人の心と自然との関係の美しさや不思議さそのものを表しているような作品だった。それに、とても鮮やかな作品なのに、どこか奈良の都の雅につながるような風雅な空気感が漂っていた。

部数を限定したその特大判の本に先生は、空間を構想するということについて私が詩文形式で書き、先生がデザインをしてくれた本の中から選んだ言葉を載せたいと連絡してくれていた。もちろんそれは嬉しい申し出だったけれど、でももしかしたら、先生の晩年の大仕事の一つになるかもしれないその本に載せるにあたっては、先生が選んでくれた言葉を中心にしつつも、作品に寄り添う新たな詩文を創りたいと思い、それを携えての打ち合わせだった。

手渡した原稿をゆっくり読みながら、また時々作品に目を移しながら、それを何度もなんども繰り返しながら先生は、その作業に静かに、けれど自らの想念の内を漂いながらも集中し、次第に対象を見つめる密度を高めて行っているように見えた。傍目には自然体の作業のように見えたとしても、でもそれは極限にまで凝縮された豊かな時間。長いようにも一瞬のようにも感じられた時間が過ぎて、先生が顔を上げてこちらを見てかすかに微笑んだ時、思わずまた同じ言葉をつぶやいている自分がいた。

先生、先生は永遠に生きてください。

それを聞いた先生は、にっこり笑い、その言葉に関しては触れずに、作品集と詩との話を始めた。

それからさらに何年かが経った時、先生から電話があった、君に僕の言葉の本をつくるのを手伝ってもらいたいんだ、とのことだった。そしてその後に、実はかなり重い病を患っているんだとも言い、そのことについて簡単に説明してくれた。デザイナーの言葉の本。先生がその本にデザイナーとして、また人としての想いの全てを込めようとしているのは明らかだった。六十年以上もの長きに渡ってデザインの第一線を歩んできた先生であってみれば、膨大な数の作品がある。いろんなところに発表された原稿や発せられた言葉やインタビューなども無尽蔵にある。ただ先生は、作品に関してはほんの少しでいいんだよ、とも言った。だから先生の言葉の本。

それからとんでもない量の資料が送られてきた。それに目を通し、整理し、建築や詩が大好きだった先生の、そして何より美を見いだすことが何よりも好きだった先生の想いを形にするための大まかな構成を考え、それを簡単な建築のマスタープランのようなものにして、自宅で療養中の先生のところに打ち合わせに行った。現在の仕事場に移る前の、かつての先生の仕事場があった南青山の街を見渡す自宅のマンションの一部屋。何度もなんども打ち合わせをした部屋の大きなガラス窓のそばで、揺り椅子に坐った先生が、手渡した資料にいつものように真剣な眼差しで黙ったまま目を通す。曖昧なところなど決して見逃さない不思議な眼、自然体の強靭な心。その姿を目にしながら、つい、また言ってしまった。

先生、先生には永遠に生きていただかないと困ります。

できればそうしたいんだけどねえ

でも、こればっかりは体のことだからねえ。

先生はふっと微笑みを浮かべてそう言った。私の独り言ともお願いともつかない妙な言葉に対して先生は初めて、そんなふうに言葉を返してきた。そしてすぐに本の話に入った。先生の言葉をもっと、というより、このままずっと聴き続けていたいと思った。

アントニ・タピエスの家には二時に行くことになっていたけれど、その前に彼の美術館でのタピエス展を観てから行くことにした。展覧会のことを聞かれるに決まっているからだ、彼が私財を投じて創ったタピエス・ファウンデーション、つまりタピエス財団は、十九世紀のモデルニスモの時代にガウディと並んで大活躍した、壮麗で繊細なステンドグラスの天井で有名なカタルニア音楽堂の設計者ドメネク・イ・モンタネールが大学を卒業してすぐに設計した建築を利用した、美しくて開放的な美術館。ここでもステンドグラスがファサードの窓に用いられているけれど、ごく控えめ。

バルセロナの郊外の一職人の子だったガウディと違って、モンタネールはバルセロナの名家の生まれ、だから卒業してすぐに建築の設計を任された、というより、昔は名士の子息くらいしか建築家にはなれなかった。だからガウディはどちらかといえば例外。

大学の師匠のジョアン・マルトレイがガウディの才能を見抜いて何かと抜擢しなければ、あるいは手袋商のコミージャスが万博に出品するにあたって手袋のショーケースをたまたまガウディに依頼し、後にガウディのパトロンとなるグエル氏がそれに目を留めたという偶然が働かなかったら、さらには当時、手技と産業革命を融合させて歴史的な好景気にあったバルセロナが都市を大拡張したことによる建築設計の需要の急増がなければ、つまりそのような偶然や幸運が重なり合わなければ、ガウディといえども歴史的な建築家になることは、もしかしたらなかったかもしれない。

モンタネールは違う。彼の最初の建築である現在のタピエス美術館は、もともとは十九世紀にドレの版画本を出版したことでも知られるモンタネー・イ・シモンという出版社の本社で、これは建築家のモンタネールのおじさんの会社だった。祖父も父親も資産家で、当然のことながら社会的信用もコネも多く、本人がプロデューサー的な才能もあったので、どのみち活躍することにはなっただろう。でも、幸運に恵まれなくて世に出ることができなかったアーティストはきっとたくさんいる。

展覧会はかなり大規模で、タピエスの若い頃の作品から最新作まで、彼の仕事が一望できるようになっていた。本好きのタピエスらしく美術館の中には出版社だった頃の書棚がそのまま使われていて、その存在がガラスを通して展示ホールからも見えるので、美術館としてはとても個性的、というか独特の人間的な趣が漂っている。

タピエスの家に着くと、案の定、展覧会のことを聞かれた。展覧会のタイトルは、壁の上のコミュニケーション、というもので、タピエスらしさが満載の、壁の一部を切り取ったような大作がいくつも展示されていた。

それらを見ているうちに、私はこの壁のような作品の向こうにタピエスの街があるような、つまりこの壁は、私たちが暮らしている現実の街とは異なるけれど、でも人間と関係の深い時間や場所が入り混じりながら、時の流れや場所の現実的な拘束を超えて自由でフレキシブルな時空間として存在している、そんな街につながる秘密の入り口なのではないかと思えてきた。

そのことを言うとタピエスは、それは一つの真実だと思うと言い、何しろ私の名前そのものがカタラン語で壁を意味するんだもの、と冗談めかして言った後に、どうして抽象的な壁のような作品を描く作家になったのかということに、もしかしたらつながっているかもしれないと彼が考えるいくつかの動機、あるいはきっかけ、もしくは記憶などについて話してくれた。

一つはバルセロナの旧市街の、両側が五、六階建ての石造りの建築の石の壁に挟まれた細い路。立ち並ぶ古い建築の壁の石の積み重ね方はよく見ればそれぞれ微妙に異なる、使われている石材も必ずしも同じではない。けれど数百年の歳月が染み込んだ石の壁は、黒くくすんで複雑な表情を見せながらも一体となってバルセロナという街に不可欠な、やがてその路と触れあった一人ひとりの記憶につながる印象や気配を織りなしている。

　もう一つはそんなバルセロナの石の壁に刻まれた、市民戦争の時代の独裁者のフランコ軍との最後の攻防戦の痕跡、あるいは傷跡。それは青年だったタピエスの心にも強く残っている。銃弾にえぐられた壁、その向こうに牢獄があった壁、その前で若者たちが銃殺された壁、若者たちが街の壁のいたるところに描いた言葉、あるいはグラフィティ。

　さらには、石という素材あるいは物質（マテリア）に対する興味。作品に絵の具だけではなく様々な素材を用いることで、絵画やそれを規定する既成概念や物質的な制限から作品を自由にしたい。だから自分の作品はそうした表現上の闘いの痕跡そのものだと言ってもよく、そこにはその過程における傷や、結果として壁の向こうに光が差し込むような穴が穿たれていたりする。つまり自分の作品は抽象的であると同時に物質的で具体的な要素を含んでいる。それはカンディンスキーやモンドリアンが目指した領域からさらに自由になろうとしたということで、抽象的でありながら叙情的でも具象的でもあるような……

　その点では自分は東洋の書に大きな影響を受けているような気がする、とタピエスが、自らの言葉を確かめ、あるいは噛みしめながら言葉を選んで話し始めた。それは私との対話でありながら、同時に自分自身の思考の迷宮にどんどん分け入っていくような、言うべきことの焦点を探しつつイメージの確かさと真摯に向かい合っているような。それでいて言葉遣いは穏やかで、ある意味では深い瞑想の中にいるかのようにも見えた。

タピエスが気難しい人だという一般的な評判は、どうもこういうところから来ているのかもしれないとふと思った。ボブ・ディランは若い頃、ジャーナリストたちの質問にほとんどまともに答えなかった。先進的なディランに対してジャーナリストたちが生きていた世界は、あまりにも古めかしかったし、しかも発せられた言葉に、どうしてその人がそういう質問をしたのかというリアリティが感じられなかったからだ。でも、よく見ればディランはときどき実に正直に、あるいは真摯に質問に答えていた。

たぶんタピエスの場合も、しょっちゅうそういうことがあったに違いない。人間的にはカタラン人に特有の人間味があって表情も優しい、気さくなところだって十二分にある。ただ聞かれた何かに誠実に答えようとすれば、彼の場合、自ずと話がどんどん深くなっていく。彼のアーティストとしての闘いの場がそうなのだからしようがない。

どうしてあなたの絵には油絵の具以外のものが、砂や毛糸や針金が用いられているのですか、というような問いに、どんな答えをすればいいだろう。どうして油絵の具でなくてはいけないのですか？　子どもが海辺で砂の上に指で描いた絵は、絵ではないのですか？　と言ったところで、あるいは木切れを一つ画面に貼り付けた作品のことを、どうしてそうしたのかを思い出して答えを探せば、ますます話がややこしくなる。言葉で説明できない何かがあるから絵なのだ。

話はそこから、その時バルセロナに大論争を巻き起こしていた、高さが十八メートルもある巨大な破れた靴下の彫刻のことになった。バルセロナにはモンジュイックの麓の宮殿を利用したカタルニア美術館があり、そこには極めてクオリティの高いロマネスク美術が展示されている。その中央のホールに飾るための彫刻を、カタルニア政府が何を思ったかタピエスに依頼した。ミロ亡き後、バルセロナ出身の世界的な芸術家といえば、誰が考えてもタピエスだということが明らかで、タピエスに言わせれば、私がたくさんメダルを世界中からもらっているからかも、ということだっただろう。

もちろんタピエスは引き受けた。彼はカタルニアのロマネスク美術が大好きだからだ。カタルニアのピレネー山脈に向かう山岳部には、小さな街がたくさんある。そこには小さなロマネスク教会があり、太い線と明るい色彩でイエス・キリストなどをまるで漫画のように描いた、親しみやすい人間味に満ちた壁画がたくさんある。それらのなかから選りすぐった絵

が、カタルニア美術館にはたくさん収蔵されている。

ところが注文を受けてタピエスが提出した計画案に、カタルニア政府は腰を抜かした。それは高さが十八メートルもある巨大な破れた靴下の彫刻のデッサンだった。私たちの大切な美術館にこんなものを飾るわけにはいきません。どうして？　とたちまち大喧嘩になって、タピエスが抗議の文章を新聞に載せたものだから、それに対する賛成や反対の意見が沸騰して、すでに一ヶ月以上、新聞では毎日のようにそれに関する大きな記事が掲載されている。

州政府は頑なに彫刻の制作を認めないが、対してタピエスも一歩も引かない。何しろ彼は、先輩のミロやゴメスさんがそうだったように権力や権威が大嫌いで、世界的なアーティストになっても、もうすぐ七十という歳になってもそれは変わらず、ますます意気軒昂で闘志満々。

タピエスによれば、ロマネスクは実に人間的なアートで、自分はその精神にピッタリの彫刻を考えたのにと憤慨する。確かにカタルニアのロマネスク教会というのは、ゴシックの荘厳なカテドラルなどとは違って、小さな村の人々にとっての心の拠り所。そこにある絵の表情も人情味に溢れていて、見ているとなんだか心が和んでくる。

そしてタピエスに言わせれば、靴下というのは本当に縁の下の力持ちで、人間のあらゆる活動を、その体重の全部を受けながらも靴の中で人の足が痛まないように頑張って、姿も見せず上着と違って自己主張などすることもなく、ただただ人間の足を護って足の下で黙って耐え続ける。そんなことをし続けて、とうとう穴が開くまで頑張ったのに、そうなったらそうなったで、もう用無しだとされて捨てられてしまう。なんてかわいそうで健気な靴下。だから私はそんな靴下に、誰もが見る晴れ舞台での主役をやらせてあげたいんだよ、とのこと。

そう言われてみればなるほど、と思えてくるけれども、お役人たちにとってはどこまでいってもただの破れた巨大な靴下。そんなわけで、どうやら闘いは延長戦に持ち込まれそうとのこと。

そこで少しクールダウンしてもらうために私は話題を変え、もう一度、タピエスが絵画シーンに起こした革命、つまりいろんな材料をしかも立体的に用いたことに関係して、こんなことを言ってみた。

メーテルリンクの青い鳥という物語の中で
チルチルが魔法使いに言います。
どうして壁の中の石があんなに光ったの？
あれは宝石？
すると魔法使いが答えます。
いいかい、石はみんな宝石なんだよ。
それなのに人間ときたら
ほんの少しの石だけが宝石だと思っているんだよ。

そうですそうです。私の作品は不当に価値がないと思われている物もまた宝石なのだと告知する行為でもあるのです。だから石の壁の一部を剥ぎ取ったような作品もあるけれども、作品に足跡をつけたり何かの気配を潜ませたりなど、作品ごとに、様々なやり方を用います。けれども、材料であれなんであれ、それらはみんな宝石なんだよと言いたくてやっているのです。

無と有、東洋哲学の空、生と死、静と動、物質と精神、戦争と平和、人が生きるというのは突き詰めればどういうことなのか、その秘密の一端が知りたくて。私がやっていることは、その端っこにしがみついているようなものです。平和だって時には一瞬のうちに壊れるのです。私自身だって明日テロにあうかもしれません。

私の作品によく登場する×印はそのことと関係しています。それはそういう二つのことがクロスする接点だからです。そういったことのすべての象徴が×印です。対立しているものの象徴でもあります。私が東洋に関心を持つのもそのためです。近代の合理主義の否定の気持ちも入っています。

それに絵画の世界においては、いわゆるコンセプチュアルアートの人たちのように、作品を観念などの非物質的なもので成立させようとする人たちがいます。しかし私はそのような方向性に対しては懐疑的です。私は作品というのはなんらかの形で物質化されている必要があると思っているからです。それに関しては詩であっても同じです。マラルメが言ったように、詩を書く時にはたとえば一枚の紙と鉛筆が必要です。そうして書き記されたものとして、なんらかの形で物質的な何かがのこらなければ、それは消えてしまって、そこからどこにも行けないのです。そういう意味で私は絵や言葉を信じています。

他者との交信のために絵も詩もあるのですからね。

その通りです。ですから私は職人が、特に工芸職人が大好きなのです。彼らは物質化という行為と最も近いところにいるからです。それと同時に私は、言葉や数字のような、物質とは遠いところにあるものにも強い関心を持っています。私の作品には数字がしばしば登場します。でもそこには好き嫌いがあって、2、4、6、といった数字が私はなぜか嫌いです。そして1や3、とりわけ7が大好きです。どうしてかはわかりません、でもそれらに面白味を感じるのです。もちろんこれは個人的なことです。でも個人を離れては何も生まれません。

そうだ、8も好きです。だって8は横にすると∞、無限を表しますから。それに8はカタラン語ではヴィと発音しますけれども、同時にその音は、空や無を表しもします。なんだかややこしいことを言っていますね。もしかしたら、自分でもよくわからないことを、描くことによって知ろうとしているのかもしれません。

考えてみれば古典絵画は基本的に完成を目指しています。私の作品はそうではないように思います。絵に語らせ過ぎては駄目だと思っているところがあって、それ自体が一つの暗示、社会的な何かや作品を見てくれる人たちの想いとの繋がり、あるいはそれを喚起するきっかけを創っているような気がします。

だから私はいつも迷っています。それに、あらかじめイメージとしての完成形があるわけではありませんから、絵を描き始める時に常に、おそれのようなものを感じています。真っ白い紙に向かって一筆描いた時に、失敗しちゃったかな、と思うのです。こうでなくても良かったんじゃないか、違う色の方が良かったんじゃないか、とか思いながら、それでも、それは生きている私がしてしまったことなのだからと思って、いろいろ悩みながら描き進めていきます。

でも私が自分に言い聞かせているのは、だからといって描き過ぎてはいけないということです。絵も何かを語りたいのです。自分だけが語り過ぎてはいけないのです。人と絵とが向かい合った時、絵もまた観る人のことを観ているのです、私は絵の最初の観客に過ぎません。私たちに眼がなければ絵が存在しないように、絵にも眼があって絵もまた自分の眼で、観る人の知識や感性と呼応しながら、自分を観ている人を観ているのです。

つまりそこにもクロスがあるということですね。

それと少しつながりますけれど

あなたはスペイン人という西欧人。

私は日本人という東洋人。
で、こうして話しているわけですけれど
ただ、一般的にいって
西欧と東洋が互いに理解し合っているとは私には思えません。
こんなに交流があってもなお分かり合えていないと感じます。
けれど、あなたの言う近代合理主義を超えようとするには
西欧と東洋との何か、あえて言えば
両者の良さを融合させるしかないように思うのです。

そうですそうです、私も同じことを考えています。ぜひそのテーマで一緒に展覧会をやりましょう。異文化が深く交流してこそ文化の飛躍があるのですから。

そんな話をしてタピエスとは別れたけれど、彼の家を出てもなお、私のなかで話し続けるタピエス。一所懸命話すタピエス。私よりずっと年上なのに、体だってそんなに丈夫ではなくて病気がちなのに、いつまでも話そうとしたタピエス。でも二人の展覧会は、私の怠惰のせいで実現しなかった。

ストラスブール

紅色がかった砂岩を天まで届けとばかりに積み上げたストラスブールのカテドラルの紅く塗られた扉の前で、アルザス帽子を被りブルーのドレスを着た若く美しい女性がハープを演奏している。まろやかな音が大聖堂に反射して広場に敷き詰められた石の上を渡っていく。

しばらく聴き惚れているうちに、そうだ、カメラに動画撮影モードがついていたはずと思い、使ったことのないムービーのボタンを押してみる。ファインダーの中の画面に録画中の赤い印がついて、撮影時間を表す数字が目まぐるしく進み始める。この美しい場面(シーン)をすっかり手に入れたようで、なんとなく安心した気分になる。でも、ファインダーの中の女性より、目の前の女性の方が、もちろんはるかに美しい、それに等身大。だからムービーのスイッチを切って、もう一度、演奏を続けている彼女を見た。

ヨーロッパの古い都市では、そんな風に楽器を演奏したり、体も衣服も真っ白に塗って彫刻のような姿でじっとしている姿を見せる人や、エレキギターで誰もが知っているような有名な曲を弾いたりする街頭芸人たちがいて、みんなそれなりに上手。でもこのハープの女性の演奏は、ほんとうに素敵。もしかしたらどこかの交響楽団の一員なのかもしれない。少なくとも、プロになるために毎日練習をしている音楽家の卵なのだろうと思う。

　ストラスブールの街には、ハープというあまり見慣れない楽器がよく似合う。ドイツと接した森林地帯に古くからある街らしく、石と木や漆喰を組み合わせた古びた建築が妙に目に馴染む。家々の窓に飾られた色とりどりの花々。ストラスブール、私が好きな画家ギュスターヴ・ドレの故郷。一度は訪れなくてはと思いながら、なかなか来られなかった街。

石造りの家に混じって、四階建、五階建の木造の古い家。六階建の家もある。この地方の大工の腕は相当なものだと思う。そうでなければ何百年も持つはずがない。木の柱の間に斜めに組み込まれた斜交(はすか)いの木はすっかり黒く古く、その柱や床組の木の間に几帳面に埋め込まれた窓。窓から吊るされたたくさんの植木鉢の中から、はみ出すようにして垂れ下がって咲く赤の、あるいはピンクの花。

　少し傾いている壁、隣の家に寄りかかっているような家。そんな家々の上にウロコ状の部材で葺いた急勾配の屋根が乗っかっている。屋根は高く、しかも緩いカーブを描いてしなっていて、そこにも可愛い小屋根を乗せた窓がいくつもある。屋根の下には、何層かの屋根裏部屋があるのだろう。ドレの版画によく出てくる独特の屋根の可愛い家々。

そびえ立つ石の大聖堂と、人間味のある家。ウインドーを覗けば美味しそうなパンやケーキ。街の中心部には自動車は入れないので、古い建物を見ていると、ドレはこんな街で育ったんだと、いつの間にか一八三二年生まれのドレの時代に入り込んだような感覚になる。

旅をするときには、立ち寄る街のことを調べたりはほとんどしない。そのほうが新鮮な気持ちで街と触れ合えるからだ。でもこの旅は、ドレの故郷を見るというのが目的なので、ドレと関係のある場所や記念碑や美術館などをとりあえず把握しておこうと思って、大聖堂の広場から見渡した時に目に入った観光案内所に入った。で、ドレのことを聞くと、カウンターにいた若い娘が、ドレって誰ですか？　と怪訝な顔をした。まさか！　ドレのことを知らない？

いくら何でもこの街で？　と思ってもう一度聞いたけれど、どうやら本当に知らない様子。まあいいか、と思うしかない。仕方がないので自分で街を歩いて、適当に誰かに聞きながら探すことにした。いくら何でも年配の人でドレのことを知っている人の一人や二人はいるだろう。

で、結局わかったことはたった二つ。一つは、ドレが幼い頃に住んでいた家が大聖堂の近くにあり、その家の壁に、ギュスターヴ・ドレが最初にデッサンを描いた家、と記された真鍮の小さなプレートがあること、そしてストラスブール現代美術館の一角にドレの部屋という展示室があるということだけだった。

とりあえずプレートを見た後、現代美術館に行くことにした。展示室のメインは、ドレが四十歳の時に、イエスが十字架にかけられる直前の場面（シーン）を描いた巨大な油絵で、画面の大きさが何と六×九メートル。絵の中心に白い服を着たイエスと、そしてその周りに無数の群衆が描かれている。他にも何点かの油絵が大きな室に展示されていて、それに付随したデッサン展示室に数点のドレのデッサンと、とってつけたようにして何枚かの版画があった。

いつまで油絵信奉が続くんだろう。

絵画の世界に油彩という技法が登場してからというもの、画家のメインステージは一般的に油絵だということにされてきた。壁に塗られた漆喰に描かれたフレスコ画などと違って、薄く塗り重ねていって微妙な表現をすることができるし、色が褪せることもない。しかもカンバスに描かれた油絵は持ち運びだってできる。ルネサンス絵画は油絵抜きでは語れないし、レオナルドがジョコンダを常に持ち歩いて側に置くことなど油絵でなければできなかった。でも、ドレの絵画史における最大の功績は版画作品にある。

もちろん昔から絵画は基本的に王侯貴族や富豪や教会などの権力や権威や財力の持ち主からの注文に応じて描かれてきたし、そうしたものと常に共にあった。ところが近代に入って、かつての支配層とは異なるタイプの金持ちが出てきたとき、描き上げられた絵画作品をいつでも貨幣化できる資産として購入しコレクションするという、絵画の世界にそれまでにはなかった新たな現象が起こりはじめて、同時に作品を売り買いするマーケットも形成された。

折しもドレが生きた時代に、それまでの古典的な写実重視の絵画の枠を破るものとして印象派が登場して、それ以降、表現方法がどんどん多様化して、トレードマークのようなスタイルを持つ画家が、オリジナリティがあると評価されてオリジナル神話が膨張していった。

それは裏を返せば、自らの固有のイメージを重視するブランドの戦略と同じようなもので、モネであれブラックであれマチスやピカソであれ、その人にしか描けない絵だからこそ価値があるとされ、印象派なども最初は認められなかったけれども、評価が定まってからは、やがて高価で安定した資産として、新たな富裕層の投資のアイテムとして重宝されるようになった。

でも印象派に始まる絵画の多様化がどうして始まったかといえば、十九世紀に、写実的に対象を描くことにおいては抜きん出た技術（スキル）を有する写真が登場したからだ。多くの画家が写真家に商売替えをしたのも、画家の時代はもう終わったと思ったからだ。そんななかで印象派以降の画家たちは、新たな表現方法を見出して、写真では出来ないことを目指した。人体やものを様々な角度から見て、それを平面の絵として成立させたキュビズムのような画像も、光の絵（フォトグラフ）と名付けられた写真では描けない。

もう一つ、写真には描けないもの、それは現実には存在しない物語の世界。幻想や過去や未来などの、ここに現に無いものは写真には写せない。そしてそういうイメージこそ、ドレが描いた世界だった。しかもドレは、ダンテの神曲などの物語を、大量のリアルでダイナミックな表現を施した版画で物語ることを、つまりリアルなイメージを連続させて視覚的に物語るという方法を発明した。それはまさしく、その時にはまだなかった映画を、さらには劇画やアニメを先駆ける画期的な方法だった。

もちろん歴代の油絵画家たちも、神話の世界や聖書の世界などを描きはした。けれど、油絵は基本的に一点もので、画家たちがそこに描き込んだのは技量や表現力や意味であって物語ではない。

ドレは油絵も描き、世界で初めての個人画家専門のドレギャラリーをロンドンに開いたくらいで、そこでは巨大な油絵が高価で取引され、なかにはイギリス王家に買い取られてウインザー城に飾られた絵も、アメリカ人に買い取られて海を渡った油絵もあった。

けれど、ドレの功績は、自分が版木に墨で描いた絵を自らが組織した優秀な彫り師たちが彫ることで、多くの場面を自由に大量に描き、同じ絵を多くの人が見ることができる版画を収めた豪華な挿絵本にして販売したことだ。

聖書や神曲や失楽園やアーサー王物語やドン・キホーテなど、ドレはヨーロッパ人の心に深く浸透している広く知られた物語の世界を視覚化するという幼い頃からの夢を次々に実現し、時代の遥か先を見つめて走り続けた。つまりドレは今につながる視覚時代の扉を開け、結果的にヨーロッパ人の心のなかに視覚的な共同幻想(マスイメージ)を描きこむことに成功した。それこそが、視覚表現の世界にドレが起こした革命だった。

しかもドレはロンドンにいた時に、繁栄の頂点にあった大英帝国の首都の光と陰、優雅な上流社会の姿や労働者、そしてとりわけ最下層の貧民の姿をリアルに描いて、後の写真家たちが展開することになる社会派ドキュメンタリーの手法を先駆け、産業資本主義社会の構造的矛盾としての貧富の格差をいちはやく視覚化した。

当時の写真家にはそのような貧民を被写体にするという発想はなかったけれど、ドレは当時ウエストミンスター宮殿にあったホテルのスイートを改造したアトリエから、毎晩のように、みすぼらしい格好に着替えて貧民街に通って貧しい人々を描いた。そんなドレの版画は、その時代の負の部分を視覚的に語るほとんど唯一無二の貴重な証言として残った。それもまたドレの大きな功績。
視覚表現で大切なのは、希少価値でも市場価格でもなく、表現の世界に何を付け加えたかということ、それが一番大切なことなのに……
文化はそうして一人ひとりの開拓者によって耕される。人の顔がみんな違うように、資質も才能も経験も美意識もそれぞれみんな違う。それが文化の多様性と豊かさを創りだしていくのに……

ドレの故郷の美術館がどうしてそのことをアピールしないのだろう
油絵にまとわりついた古びた価値観に
どうしていまだにしがみついているのだろう……

そんな気持ちを抱えながら市内に戻った。ドレの功績の再評価がヨーロッパで始まったのは二〇一〇年代に入ってからのこと。二〇一四年にはオルセー美術館でドレの大展覧会が開かれて、そこではポスターに版画が用いられるなどして、ドレの豊かな想像力とそれを視覚化する能力に焦点が当てられるようになったけれど、その時はまだ悲しいことに、少なくとも現代美術館の展示にはそのような姿勢はなかった。
坂を降りて街の中心部に向かう途中、今日は一日中ドレの絵を見て過ごした、と日記に記した天才詩人ランボーの言葉なども浮かんできて、少しぼんやりして街の中を歩き回っていると、古い橋の欄干に取り付けられた細長い植木鉢の中の赤い花が目に入った。その赤が目に沁みた。
この花を撮ろう、そう思ってカメラを取り出した時、手からカメラが滑り落ちた。見ればカメラは壊れてスイッチが入らなくなってしまっていた。

たくさん写真を撮ったのに……

なんだか過去と未来を同時に失ってしまったような気分になった。でも考えてみれば、カメラの中のカードまではまさか壊れていないだろうから、過去の方は大丈夫と思ったけれど、何を大げさな、と考え直した。何もこの目で見た大聖堂が、大きなドレの絵をみた事実が、消えてしまったわけじゃない。もちろん未来だって。けれど、一瞬でもそんな気がしたことを恥ずかしく思った。どんなものだって自分の目で見るのが一番。それは周りの気配や音や手触りと共にある。

それに、カメラにせよコンピュータにせよ、デジタルを駆使した機器には、こすると願いを叶えてくれる巨人が出てくるアラジンの魔法のランプのような、どこかあやふやな不確かさがある。つまりランプがなければ巨人は出てこないのだ。

私がドレの神曲の版画を用い、それに言葉と音楽をつけたCDロムは、せっかく創ったのに二年ほどしたらコンピュータのOSが変わって観られなくなった。フロッピーだってそれを読む機械だって、それに対応できるコンピュータだってとっくになくなってしまって、せっかく保存してあった原稿が、どうにも読み取れないまま、捨てるに捨てられなくてダンボールの底で眠っている。そのうち何かが劣化して、昔の機械があったとしても読めないかもしれない。デジタル関連のテクノロジーは日進月歩でものすごいスピードで進化してきた。それはつまり、あっという間に全てが過去の遺物になってしまうということだ。それでなくとも、突然コンピュータが壊れて、せっかくのデータが丸ごと消えてしまったことが何度もある。

そんな自分のことより、もっと危険なのは、テクノロジーの開発競争がピークを迎えたあたりから、スケール競争の勝者によってその世界が寡占化に入り、それと同時に、顔も責任の所在もわからない巨大なＩＴテクノロジー帝国のようなものが情報を独占し、その単純なシステムのなかに人間の価値観の総体が収まってしまって、無意識のうちにも、そこから出られなくなってしまうことだ。そうなれば文化は多様性を喪い平準化し劣化してしまう。それは二十世紀に起きたナチスなどの軍事独裁社会よりも、ある意味ではもっと恐ろしい二十一世紀の監視社会、あるいは全体主義的な情報管理帝政時代の到来を意味する。

ドレはフランス革命の後の揺り戻しで生じた第二帝政の時代、美や知がダイナミズムを失う時代を生きたけれど、それでもフランス革命がもたらした自由の空気と、アルザスという森林地帯の自然と、そこで育まれた人間的な手技の豊かさのなかで育った。なにしろストラスブールは、かのグーテンベルクが活版印刷機を組み上げ、それを用いて聖書を世界で最初に印刷した街だ。その本が今でも博物館にのこっている。それが本という物の素晴らしさだ。

私もドレの世界文学シリーズを翻訳する時はいつも、百数十年も前のドレの本物の版画が入ったオリジナルの挿絵本を見ながら翻訳する。良質の紙、良質の墨で摺られた版画は、全く劣化することなくクッキリと深く美しい。

いろんなことを考えながらぼんやりと、可愛らしい街を歩き回った。大きな屋根や、いろんな色のしっくい壁。家々の壁や窓を飾る花々や、工夫を凝らしたお店の看板。みんな個性的なのに不思議にしっとりと調和していて心が和む。入り口からホッとするような明かりが見えるレストランが目についた。入り口の周りの木を落ち着いたエンジ色の模様が彩り、その前に置かれた黒板に手書きでメニューが書いてある。とてもリーズナブルな値段、アルザス伝統料理とも書いてある。

中に入ると、おばさんが笑顔でピノ・ノワールの赤ワインと、アルザスの白ワインを持ってやってきた。ハウスワインなのだろう。どちらもきっと美味しい。だから最初に白をグラスで、そして赤をボトルで頼んで少し酔っ払うことにした。料理は細長くて底が深くて可愛い蓋がついているアルザス地方独特の綺麗な模様を施した陶器の鍋、バッコフの蒸し焼き煮込み料理を頼んだ。肉や野菜がじっくりと煮込まれていて優しい味。心も体もゆっくりと温まっていく。

ドレもきっとこんな料理を食べたのだろう。

ガラスが割れた

新たに使い始めたばかりのスマートフォンが、手から滑って地面に落ちた。見ると、付けていたカバーが開いてアスファルトの歩道に画面を下にして落ちていた。手に取ると、ガラス面の右下の角から細かな割れ目が放射線状に左上に向かって走っていた。カバーでプロテクトされていたはずなのに、よほど打ち所が悪かったのか、手に入れたばかりなのに……なんだか、自分の心にヒビが入ったような気がした。触ってみると、壊れてはいなかったけれど、ガラスにたくさんの細かなヒビが入ったせいで、指を滑らせると、ほんの少しザラザラ感がする。たったそれだけのことなのに、スマートフォンを操作する気持ちが萎えた。

ガラケーに慣れていたので、スマートフォンを使う気は全くなかったのだけれど、うっかりジーンズのポケットの中に携帯電話を入れたまま洗濯機で洗ってしまい、それで、新しいガラケーを買うためにショップに行った。ところがガラケーが一種類しかない。しかもスマートフォンを見せられて、キャンペーン中ですので、これに乗り替えれば機器代はかかりません、通話代もそちらの方がずっとお安くなります、との説明。

まあいいかと勧められたスマートフォンにして、ついでに手帳型のカバーを買ったのだけれど、どうもそれがいけなかった。カバーを閉じるとブルーの手帳にしか見えないので、どうしても電話をかけなくてはならない時以外、ほとんど携帯を使わなくなった。手帳は何かを記入する時に開くもので、そうでなければ開ける必要がない、というか、カバーを閉じて机の上に置いてあると、とても電話には見えない。だから使用頻度はガラケーの時よりもはるかに減った。

だから、なんのためのスマートフォンなのか、考えてみたらよくわからない。だってメールも検索サイトも、パソコンの方が画面が大きくて見やすくて、わざわざ小さいスマートフォンで見る必要がない。

子どもの頃、電話というものが不思議でならなかった。電話をかけるとどうして遠いところにいる人に、つなぐ相手を間違えずにつながるのか？　どうしてこちらの声が電話線をとおして向こうに届くのか？　向こうの声がどうして聞こえるのか？　たくさんの人が電話をかけているはずなのに、どうしてたくさんの声が混じり合わないで、ちゃんと別々に分けられて相手のところに届くのか？

何もかもが不思議だった。だって北海道や神戸にだってかけられて、しかも相手を間違えたりもしない。そもそも声が電流になって、その電流が相手のところで、また声に戻るということ自体が、よくわからない。

そのうちファックスというものが現れて、声だけではなくて文字や絵も、そのまま遠くにまで届くようになった。電話も不思議だがファックスはもっと不思議だ。つい、電話線の中を小人が文字を持ってせわしなく駆け回っている姿が浮かぶ。もちろんそんなはずはない、とは思うのだが、いったん電話線の中を走る電流になったものが、どうしてまた文字の形に姿を変えるのか？

だから、というわけでもないのだけれど、電話で話すのが苦手だった。今でも苦手だ。だって相手の表情が見えない。もしかしたらゴロンと床に寝っ転がって電話をしているのかもしれないけれども、そういうこともわかりようがない。隣に誰がいるかもわからない。だからとにかく伝えたいこと知りたいこと、つまりは用件を話し終わったらすぐに電話を切る、というのが習慣になってしまった。人によっては、特に女の人は大した用事がなくても、一時間も二時間も話したりすることがあるというけれど、それは私にとってはもはや、謎。

もうかれこれ四十年ほど前、スペインのイビサ島に住んでいた時、ジプシー娘を連れて画家のエステバンのところにやってきたプレイボーイ貴族のハビエルが、何やら箱のようなものを見せて、これは電話で、人工衛星経由でどこにだって電話をかけられるんだと面白そうに言った。

ハビエルはその前の晩に豪華帆船でイビサにやってきたとのことだった。確かに港にはとんでもなく大きな帆船が停泊していて、持ち主はハビエルの遊び友達のクエートの王子。心臓が弱い王子のために船の中には手術室があって、もちろん優秀な医者も乗っていて、もし何か緊急事態が起きればヒューストンの病院の心臓外科のチームと連絡を取り合い、画面を見ながら処置をするので、そのために衛星回線が必要で、だからその船専用の人工衛星が何台か、船がどこにいても繋がるよう、地球の周りをぐるぐる回っていて、箱電話はその衛星を利用しているらしい。それが携帯電話というものを見た最初だった。

それから十五、六年ほどして、東京で建築の仕事をしていた時、打ち合わせの途中にスペインの建築家のアルカンヘルJがカステラの箱のような細長いものを鞄から取り出して、バルセロナのマエストロ・レビと話し始めた。いちおう確認が必要だったのだろう。そのアンテナのついたカステラ箱のような、持ち運ぶにはちょっと厄介な大きな電話も、つまりは携帯電話だったわけだけれども、それは確かに、その瞬間にどうしても話し合わなければならない大切なことを話すにふさわしい大きさで、なんだかとても貴重なもの、というか、思わず笑えてくるような、いかにも文明機械的な見かけの面白さ、つまり人と人とが話すということの大切さを、目で見てわかる大きさや手に持った時の重さで誇示しているような電話だった。

今はもう、どこでも誰でもスマートフォンを手にしている。ただ、それはもう電話というより、短い文字を見たり写真や動画を見たりするための覗き窓のようなものになっている。もちろんそれを手に持って話している人もいるけれど、電車に乗ればほとんどの人がスマートフォンの小さな画面を見ている。あるいは親指で器用に文字を打っている。しかも素早い、女の人は特に速い。よくあんなことができるものだと感心するくらい速い。

それにしてもジョブスは、とんでもないものを発明したものだ。手のひらにしっくりと収まるサイズ、慣れれば片手で操作できる平易さ、指先という人間の感覚の中でも最も敏感な部分でツルッとしたガラス面に触れることで触覚的に操れる生理的快適性。それより何より映像と言葉と音という、人間にとって最も重要な情報に無尽蔵に接することができる利便性。それ一つで世界の全てとつながっていると錯覚させてしまうような完結性もしくは閉鎖性。

これはもう、中毒にならずにはいられないまでに、生理的な感覚と擬似的な充足感を満載した、手と一体になってしまう一人遊びのためのオモチャ。だからもはや電話ではない。電話の向こうにいるのは生身の人間だけれども、多くの人々が手にするスマートフォンの向こうにはもうほとんど、人はいない。

九千万人近いフォロワーを有したアメリカ大統領ドナルド・トランプは四年間の任期中に、二万回の嘘をツイートしたとアメリカのメディアが伝えている。もしそうだとすれば、それはもう、人にとって命ほどにも大切な言葉を、その上に成り立っている社会を、せっせと破壊しまくったに等しい。信じられない言葉はもう言葉ではない。虚言がおおっぴらに行き交う社会は社会ではない。

もしかしたら本人には嘘を言っているという意識はないのかもしれないけれど、そうだとしても、少なくとも九千万人の人々を日々誑(たぶら)かしている、あるいは人を人とも思わず愚弄している。それがリツイートされればさらに多くの人の確かさを壊す。だってそれを真に受けた人が、誰かからそれは嘘だよ事実ではないよと言われれば、そこに起きるのは、その誰かとの亀裂、あるいは自分の心に沸き起こる不愉快な戸惑い、不確かさ、もしくは雑音(ノイズ)。

それは私の机の上にある木彫りの小さなフクロウがまとう確かさとは全く違う。それはアイルトン・セナの一周忌のために訪れたブラジルのサンパウロで、セナのファンの一人の女性がくれたフクロウ。時と場所と人の心が凝縮された一つの確かさ。

壁に貼ってある、パリでのディランのコンサートのチラシだって。それは四十年も前のものので色褪せてしまってはいるけれど、でも、その時その場所で自分がディランをこの目で見たことの確かな証し。

机の向こうにある奇妙なドラゴンのおもちゃは、バルセロナでのプロジェクトに関わっていた時、クリエイティヴチームのリーダーがチームの一人ひとりに手渡してくれた、仲間であることを表すドラゴン。

棚の中の小さなスワロフスキーのガラスのフクロウは、片耳が欠けてしまっているけれど、本が好きな私のために、原稿を書いている時に居眠りをしたりしないようマドリッドに住むエレナの代わりに見守るための彼女からのプレゼント。

そしてプラハで拾った石のかけら。それらはみんな、私のなかの確かさと、人や時空間やそこにしかなかった気配とつながっている。

それにしても、細かなヒビが入ってしまった新しいスマートフォンのことはどうしよう。

もう気持ちよくスッとは滑らなくて、指先にほんの少しザラッとした違和感を感じてしまうガラスの表面。薄いガラスだけではなくて、その向こうにあるもののすべてにかすかなヒビが入ってしまったようになぜか感じてしまう。もしかしたらそれは、触覚の快適さや平易さと裏腹のものとしてあるスマートフォンの、あるいはそこから覗ける世界の本質的な脆さ、もしくは不確かさ。千年後まで存在し得る本とは異なる、文明という言葉が持つ危うさにも似た奇妙な儚さ。

世界中の若者がなぜか一斉に
スマートフォンを煩わしく感じる瞬間が来るような気がする。

シャルロットの居間で

シャルロットの居間のソファに坐って本を読んでいた時、台所からシャルロットの大きな悲鳴が聞こえた。そんなシャルロットの声を聞いたことなど一度もない。慌てて台所に行くと、泣き笑いのような顔をしたシャルロットがキッチンの調理台の上を指差す。そこには巨大なロブスターがいた。

生きてた。
鍋に入れようとしたら
大きくハサミを開けた。

どうやらロブスターを茹でようとしていたらしい。その日は珍しく料理をすると言って市場に出かけて行ったけれど、ロブスターを買ってきたとは知らなかった。だいいち、シャルロットが料理をすることなんて滅多にない。朝も昼も夜もほとんど外で食べる。パリは食べるところには困らない。

ロブスターはかなり弱ってはいたけれども確かに生きていて、ちょっとハサミを持ち上げてこちらを睨んでいるような気配。かわいそうな気がちょっとしたけど、せっかく食べるためにシャルロットが買ってきたのだからと、右手で胴を掴んでグラグラお湯が沸騰している鍋に入れる。それにしても大きい。横にしたままでは入らないのでハサミを下に向けて鍋に入れた。これでもう大丈夫、あとは茹で上がるのを待つだけ。何分茹でるかは市場のお兄さんに聞いてきたらしいので、居間に戻ってもう一度本を読んだ。

シャルロットは朝食は家では食べなくて、家を出てすぐのところにあるカフェのカウンターでエスプレッソを飲むだけ。そこには焼きたてのクロワッサンやフランスパンをフランスの美味しいバターで焼いたタルティーヌとかなんでもあるのに、シャルロットはなんにも食べない。

私はもちろん食べる。カフェオレとチョコレート入りのクロワッサン。外で朝食をとるときはパリでもバルセロナでも、なぜか決まってそうする。イビサでは違う。たまに朝食をカフェでとるときには、カフェコンレーチェとエンサイマダ。エンサイマダはバレアレス諸島独特の菓子パンで、マジョルカ島では観光客が必ず大きなエンサイマダが入った箱をいくつも手に持って帰りの船に乗り込む。

イビサのエンサイマダは小さくて柔らかい。マジョルカのはパサパサしているのでそんなに好きではない。渦巻き状の平べったいパンの渦巻きの中に、煮ると繊維状にほぐれる、あれは日本ではたぶん金糸瓜と言うのだと思うけれど、それを甘く煮詰めたものが入っていて独特の美味しさがある。

しばらくしてシャルロットが茹で上がったロブスターと、それを割る道具とサラダを持って居間にやってきた。サラダも市場で買ってきたらしい。二種類もあって、一つはオリーブが入ったグリーンサラダ。もう一つは黒っぽい線が入った少し大粒のお米のようなものがトッピングされたサラダ。

これは何？

お米。

もしかしたら日本人の私のためなのかもしれないけれど、そんなお米は見たことがない。

でもそういえば、フランス人はお米をサラダに入れると聞いたことがあった。つまんでみると意外と美味しい。さあそれではロブスターを、というところでシャルロットが立ち上がり、どこからか小さなテレビを持ってきてスイッチを入れた。シャルロットがテレビを見るところを目撃したことは一度もなかった。だいいちテレビがあることさえ知らなかった。

小さなテレビの画面に映ったのはＦ１グランプリ。シャルロットがＦ１に興味があることも知らなかったけれど、聞いてみると、グランプリの伝説的ドライバー、ニキ・ラウダとスキー友だちで、冬にはよく一緒に滑っているとのこと。ニキ・ラウダは時々解説に登場したりするし、それでなくともＦ１は元はといえばハイソサエティのスポーツなので、シャルロットが好きだったとしても不思議はない。

ただ、わざわざテレビをつけたのはそのレースで、Ｆ１に登場するやいなや瞬く間に強さを増し、圧倒的なパワーを持つエンジンを開発したミスター・サクライ率いるホンダチームがウイリアムズと組んで、その年のコンストラクターズチャンピオンを獲得するかどうかというタイミングだったからで、それはすでに確実視されていたとはいえ、もしそうなれば、それはもう、Ｆ１史における歴史的な大事件だった。

どうやらシャルロットが自宅でランチをとることにしたのは、そのレースを観戦するためだった。モナコでクルーザーの上からシャンパンを片手に、というわけではないけれど、白ワインを手にロブスターをゆっくりつまみながらのF1観戦もなかなかのもの。サラダはそこそこだったけれども、なにしろ特製ソースとレモンで食べたロブスターが極上の美味しさ。そのまま食べてもパンにのせて食べても美味しかった。しかも巨大だったので、二人で食べてもお腹がいっぱいになったほど。

で、サラダもワインもロブスターも無くなった頃、いよいよ最後の周回になり、ウイリアムズ・ホンダがチェッカーを受け、アナウンサーが絶叫した。その様子をじっと見つめていたシャルロットはそれを見届けると立ち上がり、私の方を向いてテレビを消しながら言った。

ホンダが勝った。

一言そう言っただけだったけれども、フランス人の、しかもニキ・ラウダの友だちのシャルロットとしては、どうやら相当ショックだったらしい。新参者の東洋のホンダが、ヨーロッパのハイソサエティゲームの頂点ともいうべき、伝統あるF1の覇者になるなど考えられない、ということだろう。しばらくシャルロットは何も言わなかった。とはいえ、シャルロットはもともとあまりおしゃべりではない。女性にしては珍しいくらい。

考えてみると、シャルロットは主に小説を出版する出版社のディレクターで編集者でもあるのに、彼女と本や小説の話をほとんどしたことがない。絵の話も映画の話も、彼女がフーコーという偉大な思想家の友だちでもあるのに哲学の話も政治の話も、考えてみればほとんどしたことがない。けれどシャルロットが無口かといえばそうでもない。

ずいぶん昔、彼女と初めてベトナム料理屋に行った時、料理が運ばれてきてテーブルに並べられたのにシャルロットが料理に手をつけようとしない。どうしてだろうと思っていると、お皿についていた大きなスプーンとフォークを持って私の目の前に差し出し、一瞬瞼を閉じたかと思うと、ゆっくり片方の目を開けてウインクをしてニコッと笑った。そうだ、ここはフランスだったと思って、まずは彼女のお皿に料理をサーブし、次に自分の分を取って、それから食べ始めた。つまりシャルロットの場合、笑顔と繊細な目の表情が、口ほどにものを言う、ということなのだろう。

話したのはほとんどたわいもないことばかり、それと友だちの話。不思議なことにシャルロットと私には共通の友だちがいて、それも自分にとって大切な友だちが重なっている。たとえばイビサの天才画家のエステバン。それにバルセロナの建築家のマエストロ・レビとアルカンヘルJ。考えてみればみんな天才。シャルロットはそんな三人とも親しいけれど、私とは全く別の時期、別の場所、別の機会に知り合っていて、何かの拍子にそれを知って、なんだそうだったのかと思ったけれど、そのことを不思議とはなぜか思わなかった。

それに、一五〇年ほど前に死んでしまった人だけれど、私が好きなギュスターヴ・ドレの豪華版画本の当時の版元だったのは、シャルロットのパパが会長をやっている長い歴史のある出版社。なんだか不思議なようなそうでもないような巡り合わせ。

どうでもいいようなことしか話さなかったけれど、でも真面目なことを聞いた時には、シャルロットほど的確な答えを素早く返してくれた人はいない。たとえばドレのことを調べていた時に、モネの油絵が一八六八年に八〇フランで売れ、マネの二二点の油絵が一八七一年に三五〇〇フランで売れた頃、ドレの油絵がロンドンのドレギャラリーで一点一〇万フランで売買されたという記述があり、これは今のお金に換算するといったい幾らくらいなのだろうと聞いた時、シャルロットはすぐに友だちに電話をして、当時のナポレオン金貨と、現在の金の価格とを比較した大体の価格を教えてくれた。

また版画家のジャック・カロに関してあることが知りたくて相談した時も、シャルロットはその場で誰かに電話をして、それに関しては誰に聞けばいいかを聞き、そしてすぐにその人に電話をして私が知りたいことを教えてくれた。

つまりインテリジェント・ハイソサエティのシャルロットは、とんでもないネットワークを持っていて、自分が知らないことに関しては、あらゆる分野のトップレベルの専門家に直接ピンポイントで聞くことができた。世界中の一流アーティストと知り合いだったロベルト・オテロもそうだったけれど、普段は人生を自然体でほどほど楽しんでいるように見えたシャルロットは、実はフランスの知の最高レベルのヒューマンネットワークのど真ん中で何気なく生きていた。だからシャルロットの情報は、言葉数は少なかったけれど、ほんとうに早くて的確で正確だった。

シャルロットやロベルトがいることで、私は必要とあれば、いつでも誰とでも繋がることができると思っていた。それを当たり前のことのように感じていた。今でも何か知りたいことがあった時ふと、シャルロットに聞けば、と思ってしまっている自分がいる。

サンパウロ

ミスター・サクライから電話がかかってきた。来週、セナの一周忌に自分の代わりにブラジルに行ってくれないか、という話だった。ミスター・サクライの代わり？　そんなことができる人なんているわけがない。

ミスター・サクライは総監督としてホンダチームを率いて、一九八七年にコンストラクターズとドライバーズのワールドチャンピオンを獲得してＦ１の完全制覇を成し遂げた人。翌年、アイルトン・セナとアラン・プロストを擁して一六戦あったグランプリレースの一五戦を勝つという、圧倒的な強さを誇ったマクラーレン・ホンダ体制を確立した後、ホンダを辞め、テクノロジーの分野だけではなく、世界チャンピオンレベルの文化を日本から発信することを目指して、ＲＣＩ（レーシングクラブインターナショナル）という会員制クラブを発足させた。ミスター・サクライとはその頃から、敬愛する友人としていろんなことで協働してきたけれど、自らが主催する会員の有志と一緒に、共にF1を闘ってきた盟友セナの一周忌にサンパウロを訪れるという旅に、総監督がいないというのはありえない。

それでは会員が納得しないでしょう。
でも、どうしても都合がつかなくなったんだ。
だから代わりに行ってもらいたいんだ。
セナの故郷を見るのもいいと思うしね。

そりゃあ私だってセナの故郷がどんな街か見たい気持ちはある。けれどブラジルは地球の裏側、限りなく遠い。アルゼンチン生まれのロベルトが何度も一緒にブエノスアイレスに行こうと誘ってくれ、魅力的な場所の写真もたくさん見せてくれたけれど、結局行かなかった。多分、ブエノスアイレスと同じくらい遠いサンパウロ。それより何より、会員にガッカリした目で見られるのは辛い。そう言うと、ミスター・サクライは、大丈夫だよ、うちのメンバーはセナのことが本当に好きな人たちだから。それに君のことはRCIの会報誌にしょっちゅう記事や写真が載っているからよく知っている。しかもセナが亡くなった後に、メンバーが協力してくれて創ったメモリアルモニュメントに、最高の詩人、という意味を込めて君がつけてくれたセニッツ・コロナと言う名前や、そのローレッタという愛称のことも、みんなよく知っているから大丈夫だよ。みんなには自分がちゃんと電話をして断りを入れるから。

みんなと一緒に行ってくれるだけでいいんだ。セナやF1のことは本人たちがよく知っているから説明なんていらないし。ただ、サンパウロに着いた日の夜のメンバーの夕食のパーティで、ローレッタの詩をみんなの前で朗読してもらいたい。それとセナファンクラブ、TASの会長のアディルソンに会って欲しい。それで彼が主催するセナの命日の集会に出てもらいたい、もちろんその日の朝のカテドラルでのサンパウロ市主催のミサにもね。


ミスター・サクライはF1に革命を起こした、というより、近代的な方法を超えた斬新なヴィジョンと、それを実現するための方法を導入し、その確かさを証明した人だ。彼が掲げたヴィジョンは、個々人の夢の実現と世界チャンピオン獲得の両立、というものだった。これは一つの目的の実現のために全てを稼働させる、そのために分業化を進めて、悪く言えば人間を部品化するという近代の機械型モデルではなく、どちらかといえば生命体的な方法だ。

彼はまず、すべては本質に立ち返るべきだという確信のもとに、ガソリンと空気を混合させたものを爆発させてパワーを出すのがエンジンだとしたら、それが最も力を発揮する理想的な混合比を実現すれば良いはずだと考え、それをゼロから推し進め一〇〇〇馬力のパワーを出すエンジンを実際に開発して他を圧倒した。

また彼は、それまでエンジンやレースに関する情報はドライバーに頼っていた現実、あるいは常識を根底からくつがえすことになるテレメトリーシステムを独自に開発した。これはエンジンや車体を開発し熟成させていくために不可欠なテスト走行や本番のレースの際に、走行中のマシーンに起きていることに関しては、ドライバーに聞くしかなかったマシーンの様々な重要な情報を、電波を飛ばして、ドライバーとマシーンとピット、さらには日本のホンダ・エンジニアチームの全員でリアルタイムで共有するという画期的な方法で、これによってレース中のマシーンやドライバーがどのような状態かがわかる。

だから、今ではそれがスタンダードになったけれども、ドライバーとピットとの双方向の対話が可能になり、ピットからドライバーに作戦を指示することもしばしば行われるようになった。もちろんセナのような鋭敏な感覚と頭脳を持ったドライバーであれば、ドライバーからピットに特別な何かを伝えることも、何かの確認を要請することもできる。

これは近代のピラミッド型の組織体制や指示系統や閉じられた機械型の稼働原理とは全く異なり、チーム全員の知恵や直感や情報分析によって最適知を探る方法。これもまた近代の限界を突破するヒントに富んだ画期的な、開かれたシステムだった。もちろんそれはＦ１史上最高のドライバーのひとりであるアイルトン・セナという一人の人間の存在があって初めて成り立つ、人間の知恵が牽引する人間とテクノロジーの対話と協働を模索する試みでもあった。

かつてセナがホンダチームに入ってすぐの頃、あるレースでトップを走っていたセナが、突然マシーンを止めてリタイアし、歩いてピットに帰ってきたことがあった。もちろんチームは憤慨して、どうしてマシーンを降りたのかと問い詰めるとセナは、でももう少し走ったらエンジンが壊れてしまうから、とだけ言った。まさかと思ってエンジニアたちがエンジンを分解して調べてみると、確かにエンジンが壊れる寸前だったことが判明し、チーム全員がセナの驚異的なマシーンとの対話能力に舌を巻いたという。

総監督にとっては、そんな後々まで語り継がれる驚異的な人間力を持つセナが、マシーンを史上最高のレベルに熟成させるためには不可欠だったたし、セナもまた、テクノロジーや情報共有の本質と真摯に向き合って成果を出すミスター・サクライのホンダが必要だった。それはつまり、テクノロジーは人間を豊かにするためにこそあるのであって、テクノロジーやその進歩のために人間があるのではないということを実証するチャレンジでもあった。

細かなことを挙げればキリがないけれど、そうしてマネージメントも含めて最強のチームを創り上げたミスター・サクライは、勇退してチームを次の世代に引渡すに当って、もう一つ、極めて独創的なことを成し遂げた。それはセナとプロストという、資質やスタイルが全く異なる二人の天才ドライバーが同じチームで闘うことによって、観客の関心を、人間がマシーンを操る能力や個性のちがいに向けたことだ。

近代は近代国家が国単位で競い合うことによって成長もしたけれども、同時にそれはある段階を過ぎれば敵対につながり、そして二度の世界大戦を巻き起こしてしまった。

F1もチャンピオンシップを巡ってチームが勝ち負けを競い合うゲームだけれど、しかし同じチームの中で、基本的には同じ性能を持つマシーンを擁して二人の天才ドライバーが死力を尽くして闘うことの向こうには、それ以前のF1とは全く異なる次元の景色が広がる。

つまりそこには人間の潜在力(ポテンシャル)の極限的な発揮があり、ドライビング能力はもちろん状況判断力や勇気やマシーンのチューニングなどのあらゆる能力を駆使しての人間力の闘いが繰り広げられるために、人間ならではのドラマや人間の限りない可能性を垣間見ることができるからだ。結果として二人が操るマクラーレン・ホンダは、一六戦のうちの一五戦を勝ち取り、普通なら一つのチームが圧倒的な強さを発揮したわけだから、レースの面白味が欠けたかといえば、逆にこの年は、F1史上最強のマシーンを駆って二人の天才が凌ぎを削る闘いを展開したため、そのことによってF1グランプリの人気はかつてない昂まりを見せた。

そんなことを実現したミスター・サクライに頼まれて、考えてみたら、断れるはずがない。

で、結局、いつの間にかサンパウロに行くことになってしまった。十二時間かけてまずはロサンゼルスに。そこで三時間のトランジットの後、また十二時間かけてサンパウロへ。

ホテルに着いて、一休みしてから外に出てみると、遠くに見える山に小さな灯りがたくさん点っている。綺麗だと思ったけれど、聞けばそれは山が丸ごとファベーラという貧民街、貧困者が山に勝手に家をつくって住んでいるスラムだということだった。そんな山がいくつもあると言う。電灯の明かりは、街の電線から勝手に引き込んだ電気で灯しているらしい。とんでもない数の、まともな家もない人々。

温暖な場所だから、それでも暮らしていけるのだろう。けれど、ホテルの周りには豪華な超高層マンションが立ち並んでいる。強烈な貧富の格差。セナはこんな風景のなかで育ったのか。考えてみれば、ブラジルのことなど何も知らない。せいぜい、セナの国だということと、未来世紀ブラジルという映画の多くの場面が、マエストロ・レビと彼のタジェールが設計してパリに建設された集合住宅、アブラクサスで撮影されたということくらい。

メンバー全員との夕食の時に、ミスター・サクライに言われた通りに、みんなの前で詩を朗読した。それはこんな詩だった。

ローレッタ

Part 1　Faster Flyer

一羽の鳥が、風を切って空を飛ぶ。
誰よりも速く。

遠い遠い昔、鳥たちの祖先が
自らの翼で、初めて空を飛んだ
そんな遥かな記憶を頼りに。

一羽の鳥が、風を切って空を飛ぶ。
誰よりも速く。

ある春の午後、幼かった自分の幼い翼が
初めて鳥を空に運んだ

その日の確かな記憶をたよりに。
一羽の鳥が、風を切って空を飛ぶ。
誰よりも速く。

ある日ふと出会った鳥が
たまたま空に描いた飛行の軌跡の
その美しさの記憶を頼りに。

誰よりも速く、誰よりも速く。

鳥が誰よりも速く飛べるのは
自分が最も速く飛んだときのことを
彼が、誰よりも覚えているからだ。

必要なときに思い出すことさえ出来れば

いつでも、そのときと同じ速さで飛べる。
だからもうすこし。

誰よりも速く、誰よりも速く。

鳥の心のなかでは
速さは美しさと同じ形をしていた。
記憶は未来と同じ形をしていた。
だから鳥は速く飛ぶ。
美しさを手にするために。
未来を確かめるために。

誰よりも速く、誰よりも速く。

Part 2　Higher Flyer

一羽の鳥が、風に乗って空を舞う。
誰よりも高く。

遠い遠い昔、自らの祖先が
空を飛ぶことを決意した
その日の決意に近づくために。

一羽の鳥が、風に乗って空を舞う
誰よりも高く。

ある夏の朝、誰よりも高く飛ぶと
空に向かって誓いを立てた
その誓いの証を手にするために。

一羽の鳥が、風に乗って空を舞う。
誰よりも高く。

かつて鳥には
同じ高みを目指した友がいた。
その確かさを、確かめるために。

誰よりも高く、誰よりも高く。

鳥が誰よりも高く空を舞うのは
そこで、透き通った体をした
不思議な鳥に出会えるからだ。

不思議な鳥は、いつもまえより
ほんの少しだけ高いところにいて
彼が来るのを待っていた。

誰よりも高く。誰よりも高く。
鳥の心のなかでは
高さは広さと同じ形をしていた。
確かさは世界と同じ形をしていた。

だから鳥は高く飛ぶ。
広さを手にするために。
世界を知るために。

誰よりも高く。誰よりも高く。

Part 3　Faraway

誰よりも速く高く飛びながら

鳥は、ある日、ふと
自らの翼を支える、
風の不思議さに思い当たった。

もしこの風がなければ……
そう思ったとき、鳥の前を
水色の風が、過去から未来の方へ
吹き抜けていった。

そのとき、鳥の下には
果てしなく広がる野原があった。
そこには花が咲いていた。
そこには水が流れていた。

そのとき鳥の上には
限りなく広がる宇宙があった。

そこでは花が光の粒に姿を変えた。
そこでは鳥が星の形に姿を変えた。

もっと遠くへ、もっと遠くへ。
自分が鳥の形をしているうちに。
もっと遠くへ、もっと遠くへ。

永遠とは
一瞬の積み重ねにすぎないから。
宇宙とは
広がる此処にすぎないから。
大地の上で、一輪の花が
枯れる日のために咲き誇る。
そこでは愛が
光と同じ形をしていた。

永遠とは
花が見た一瞬の夢にすぎないから。
命とは、鳥がなくした
無数の夢の記憶にすぎないから。

もっと遠くへ、もっと遠くへ。
まだ見ぬものがあるはずだから。
光の向こうにあるはずだから。

もっと遠くへ、もっと遠くへ。

そうして、鳥のからだが
引力から自由になったそのとき
地上を、一陣の風が走った。
時よりも速く。

そのとき、遠いどこかで
一輪の花が揺れた。

もっと遠くへ、もっと遠くへ。
そうして、鳥のからだが、水色の
透き通った光になったそのとき

一つの命が飛翔んだ。
夢よりも確かに。

そのとき、遠いどこかで
一羽の鳥が、目を覚ました。

翌日は、まずはモルンビーの丘に埋葬されたセナの御墓参り。緑の芝生に覆われた丘の、深紅の花を咲かせたイペの木の下の地面に、アイルトン・セナの名前が刻まれたプレートが埋め込まれただけのシンプルな墓。空がどこまでも青い……

それからみんなと一緒にセナとゆかりのある場所をめぐる。インテルラゴスサーキット、セナビル、そしてセナの生まれた家の近くの小山。セナも遊びまわったに違いない芝生が生えたふっくらと盛り上がった地面の上を、一人のメンバーの女性が地面を踏みしめるようにして一歩一歩ゆっくりと歩く。その地を確かに踏みしめたという想い出を、セナの想い出がしまってある記憶の中に、たぶん一緒にしまい込むために……

その日の夜、ホテルでふと思い立って、ＴＡＳへのメッセージを、ポルトガル語はわからないので、簡単な詩のような形式のメッセージをスペイン語で書き始めた。

ミスター・サクライはたしか、ＴＡＳの追悼集会に出席するようにと言っていた。出席すればもしかしたら、何か挨拶の一つもするように言われるかもしれない。その時に、総監督の代理ともあろうものが不調法なことをして、ミスター・サクライに恥をかかすわけにはいかない。ここは強い心の持ち主が多いはずのブラジルなのだから、湿っぽいメッセージはやめようとだけ考えて書き始めたけれど、疲れが体の芯に残っていたせいか、なかなかまとまらない。出来上がった時にはすっかり夜が更けていた。

次の日に会ったアディルソンは実に感じの良い青年だった。日系ブラジル人の女性が通訳をしてくれたけれど、アディルソンは口数が少なく、明日の命日には、サンパウロで最も大きなホールで、仲間たちと一緒に、アイルトンと一緒に楽しく時を過ごすんだ、とだけ言った。澄んだ目の力が強く、心がまっすぐな人に見えた。

君たちも出席してくれるんだよね、と言うので、夜中に書いたメモを手渡すと、アディルソンはじっとそれに目を通した後、ゆっくりと顔を上げて私の目を見つめ、明日、集会の始まりの時に、この詩を読んで欲しい、と言った。それは日本語にすれば、こんな内容だった。

やあ、兄弟たち。

まず、私たちをこの場にお招きくださった
ＴＡＳのみなさんありがとう。

この日のセレモニーに参加するために
アイルトンのスピリッツと
彼を愛する心を分かち合うために
地球の反対側にある日本から来た人間の一人として
また日本において
アイルトンが遺したメッセージを

より多くの人々と、そして未来に伝えるための努力をしている
ＲＣＩを代表して
一言ご挨拶申し上げます。

かつてアイルトンは
私たちはもはや個別の存在ではない
たった一つしかない地球の仲間なんだと言いました。
そしてアイルトンは
Ｆ１をとおして、実際に人が、国を超えて、人種を超えて
大きな目的のために心を一つにして
共に歩むことが出来るのだということを
教えてくれました。

私はこのことを今
アイルトン・セナという大きなテーマのもとに
世界中から多くの人々が集まってきているこの場において

何よりも強く感じます。

ありがとうアイルトン。

そして兄弟である仲間たちよ

共に前に進みましょう。

次の日はカテドラルでの早朝のミサから始まった。一年前の悲痛な哀しみを再び噛みしめているような空気がカテドラルに満ちていた。いろんな言葉が大教会の石の壁や天井に響き渡る。ふと見ると、いつ来たのか、一人の破れ汚れた薄い布のマントのような服を体にまとった浮浪者が中央の通路に立っていた。目から涙が流れていた。誰一人、その人をとがめようとはしない。その人はゆっくりと祭壇の前まで進むと、静かに跪き、そして立ち上がると背を伸ばし、リオの大きなキリスト像のように両手を肩まで上げ、ずっとそのまま最後までセナを弔い続けた。

そのあと、セナの追悼会が開かれる大きなホールに行った。私たちには最前列の席が用意されていた。会場を埋め尽くした、ものすごく多くの人々。みんなセナを愛する人々。この人たちだけではない、カテドラルのミサの参列者も、そこにいた浮浪者も、それだけではなくてブラジルの人々はみんなセナを愛している。

　セナは生前、貧しい子どもたちのために莫大な寄付をしていた。お金を出すだけではなく、市場で売れ残った野菜をスープの缶詰にして、食べられない子どもたちに配る仕組みや、スポーツや勉強を頑張れば学費を援助してもらえる仕組みも創っていた。寄付の際の唯一の条件は自分の名前を出さないこと。だからそういったことの全ては、セナが亡くなった後に分かった。

　昨日の新聞には、遠い日本からセナの一周忌のために大勢の日本人がサンパウロを訪れたことが、大きな記事になって紹介されていた。だからバスに乗り込む私たちのことをたくさんの人々が笑顔で見守ってくれた。どこに行ってもそうだった。その表情にはセナを愛する気持ちが溢れ出ていた。

　セナはレースでの勝利の後のウイニングランでは、いつもブラジルの旗を振ってゆっくりとコースを回った。あの旗は、この人たちのために振られていたんだ、それがブラジルの、とりわけ貧しい人たちにとっての喜びであり希望だったのだと、つくづく思った。生前のセナの、すべての人が幸せになればいい、日本人もブラジル人も、ヨーロッパやアメリカやアフリカや中国の人も、誰もがみんな幸せを求めている。人には健康と平和が必要。人には人が必要。人には喜びが必要、人には愛が必要なんだ、という言葉を思い出した。

いよいよ彼らのいう大パーティが始まる時間になった。アディルソンが壇上に上がると、騒めく会場がたちまち静まる。アディルソンが一言二言挨拶をした後、手招きをしていきなり私を壇上に呼んだ。メッセージを読めとは言われていたけれど、それはいろんな人の挨拶があってからだと思っていた。壇上でアディルソンが私を紹介し、そしてあれを読んでくれと言って向こうに行ってしまった。日系ブラジル人の通訳と、一言二言話したけれど、あまりにもさっぱりとしたアディルソンの行動を見て、余計なことを言う気がなくなった私は、すぐに、私が書いたスペイン語をポルトガル語に訳してもらったメモを見ながら、メッセージを読み上げた。

そして最後の、ありがとうアイルトン、そして兄弟である仲間たちよ、共に前に進みましょう、と私が言い終わった瞬間、ものすごい音量のバンド演奏が始まった。つまりアディルソンは、自分たちの大切なパーティの開幕の合図を、私の言葉で始めることに決めていたのだった。たちまち大勢のダンサーや歌手たちが舞台に現れ、そしてなんとそのまま最後まで数時間、来賓の挨拶など一つもなくて、彼らは全部音楽でやりきってしまった。

歌詞がポルトガル語だったのでよく分からなかったけれど、彼らはおそらく、曲や歌詞で自らの想いを思いっきり表現していたのだろうと思う。それは本当に素晴らしいコンサートだった。みんな一所懸命に歌い踊り演奏していた。

パーティが終わり、なんだか身も心も圧倒されたまま、会場を出てバスが待っているところに向かって歩いていると、一台のオンボロ車が、どうやら私を追いかけてきたのか、私の横で急停車した。中から一人の若者が降りてきて、あなたですよね、最初にメッセージを読み上げた人は、と言って、ウインドーに貼ってあった、セナのヘルメットのシールを剥がし始めた。

どうしたのと聞くと、かなりポルトガル語なまりの英語で、このシールはアイルトンが僕に直接手渡してくれたものなんだ。だからこうして貼っていつも一緒にいるんだけど、このシールをあなたにあげたい、と身振り手振りを交えて言い始めた。そんな大切なものをもらうわけにはいかないよ、と言ったけれども、若者は、どうしてもあなたにあげたいんだ、それが僕の気持ちなんだ、と言った。とても真剣な表情。分かったと言って受け取ると、若者はにっこりと笑って、握手をして、そして車に乗って去って行った。

そのしわくちゃの、車に貼ってあったのでずいぶん色あせてもいるそのシールを、私は大切な書類を入れるファイルに貼って、今でも持っている。

たにぐち えりや

詩人、ヴィジョンアーキテクト。石川県加賀市出身、横浜国立大学工学部建築学科卒。中学時代から詩と哲学と絵画と建築とロックミュージックに強い関心を抱く。1976年にスペインに移住。バルセロナとイビサ島に居住し多くの文化人たちと親交を深める。帰国後ヴィジョンアーキテクトとしてエポックメイキングな建築空間創造や、ヴィジョナリープロジェクト創造&ディレクションを行うとともに、言語空間創造として多数の著書を執筆。音羽信という名のシンガーソングライターでもある。主な著書に『画集ギュスターヴ・ドレ』（講談社）、『1900年の女神たち』（小学館）、『ドレの神曲』『ドレの旧約聖書』『ドレの失楽園』『ドレのドン・キホーテ』『ドレの昔話』（以上、宝島社）、『鳥たちの夜』『鏡の向こうのつづれ織り』『空間構想事始』（以上、エスプレ）、『イビサ島のネコ』『天才たちのスペイン』『旧約聖書の世界』『視覚表現史に革命を起こした天才ゴヤの版画集1～4集』『愛歌（音羽信）』『随想奥の細道』『リカルド・ボフィル作品と思想』『理念から未来像へ』『異説ガルガンチュア物語』『いまここで』『メモリア少年時代』『島へ』（以上、未知谷）など。翻訳書に『プラテーロと私抄』（ファン・ラモン・ヒメネス著、未知谷）。主な建築空間創造に《東京銀座資生堂ビル》《ラゾーナ川崎プラザ》《レストラン ikra》《軽井沢の家》などがある。

夢(ゆめ)のつづき

2021年2月25日初版印刷
2021年3月10日初版発行

著者　谷口江里也
発行者　飯島徹
発行所　未知谷
東京都千代田区神田猿楽町 2 丁目 5-9　〒 101-0064
Tel. 03-5281-3751 / Fax. 03-5281-3752
［振替］ 00130-4-653627

組版　柏木薫
印刷所　ディグ
製本所　牧製本

Publisher Michitani Co, Ltd., Tokyo
Printed in Japan
ISBN 978-4-89642-633-5　C0095

谷口江里也の仕事

イビサ島のネコ

既存の価値観にすり寄っては生きられない。青年は、スペインへ、イビサ島に移住した。誰もがそこを自分のための場所だと思える、地中海に浮かぶ楽園。島ごと世界遺産の自由都市イビサで、ネコたちが噂する奇妙な人々の実話。28篇。

240頁2400円

メモリア少年時代

はるかな少年時代……、そこここに点在するたくさんの記憶。今から思えば、どれもが素晴らしかった瞬間。蓄積された記憶こそ、現在の自分自身。この感動こそ、かけがえのない道標べ――。喜びを共有できる24篇。

160頁1600円

島へ

生活に溶け込んだ美　一瞬と永遠　15篇

ひとつのまとまった仕事を終えた青年は、大きく息を吸って空を見上げた。とんでもなく青く澄み渡った空だった。暑くも冷たくもない風が吹いてきた。なんだか気分が爽やかだ……そうだ！　船に乗って島へ行こう

176頁1800円

その他、著訳書多数　小社での仕事全て掲載の総合図書目録呈

未知谷